구두코

구두코

조혜은 시집

민음의 시 190

민음사

自序

— 나의 미완성에게

2012년 겨울
조혜은

차례

1부

3층 B동

벌레
—그녀

지겨워. 발을 차 넣자 그녀는 그것을, 그대로 꾸욱 삼켰다. 동그란 눈에서 눈물이 찔끔, 발소리를 냈다. 하루 종일 짧아진 발목으로 기어 다니던 나. 오늘은 그녀의 목구멍에서 내가 차 넣은 발을 찾았다. 깨끗이 닦아 낸 나의 구두를 그제야 입 밖으로 밀어 올리며, 사랑해요. 많은 날 동안 소화불량에 시달리던 벌레, 그녀

배 속을 열어 보니 오래전 내가 씹다 뱉은 말들이 들어 있었다. 당신이 그랬다고요, 내게. 가로줄무늬가 길게 늘어진 그녀의 배가 동그랗게 출렁였다. 하지만 나는 그녀보다는 고통에 소리치는 동물들을 더 사랑했고, 헤어져. 시한부 선고를 받은 그녀. 뇌 속에는 이미 벌레가 가득했다. 그건 모두 둥글둥글 그녀를 닮아 꾸물거렸고 찔러도 움직이지 않았다

사랑해. 그녀가 사라진 곳에서 천천히 그녀의 남은 영양분을 모두 빨아먹고 나오는 나. 어느 날은 새까맣고 날카로운 눈빛의 내가 죽은 그녀 주변에서 무수히 많은 날갯짓을 하며 날고 있었다. 벌레들. 털어 내도 계속 벌레가 꼬였다. 당신을 사랑했었다고요, 벌레처럼. 그녀들이 벌레처럼, 벌레처럼 속삭였다

3층 B동

연구소는 3층입니다

문을 열면 여자들은 아이처럼 쏟아지고

1층 수선집

노란 간판에 하얀 글씨, 빨간 테두리로 말해요. 노트 위에는 어제로 시작되는 패턴. 선반 위, 실타래에 감겨 먼지 쌓인 아이들

문을 열면 여자들은 아이처럼 울고

그 애는 몇 가지 발음들을 잃어버렸어요. 삼킬 수 없는 모서리도 있고요. 나를 따라 그리고 오려 아이의 혀 밑에 넣어 주세요. 난쟁이에 절름발이, 언청이 수선사 아저씨가 박아 넣은 스티치처럼. 다시는 감을 수 없는 귀처럼

소화될 수 없을 만큼 긴 천을 길러 낼 거예요. 손톱 밑을 바느질하며, 여자들은

평면 위에 누워 직각으로 말해요

아동 수선, 어머니 리폼, 토털 의류 치료 업체. 연구소는 3층입니다

　지하 1층 옥인 인쇄사
　내 이름은 CN Ⅸ
　몇 가지 기호로만 발음되고 싶죠
　36개의 작품 번호를 가진 피아노 독주처럼 무책임하게 외로워지고 싶죠
　고양이들처럼 간단히 도둑이 되어 버릴 수 없었던 건
　몇 가지 단어를 존중했기 때문이에요
　자폐, 아동, 교육, 인지, 사회, 언어
　발달하는 스티커 같은 것들

　소장님, 아이들의 얼굴에서 눈이 점점 더 작아지고 있어요. 복사해서 가슴에도 발등에도 붙여 주었지만 길을 잃어요. 눈 속으로 두 발을 버린 발이 딸려 오고. 선생, 압정으로 발을 고정시키면 어떨까? 그가 잡음 가득한 얼굴, 깨진 카메라 렌즈로 말할 때 속이 상했지. 박스에 한 달을 눌려 있던 모형 사과처럼

아이들의 세상에 가 보고 싶죠. 결코 마주치지 않는 그
애들의 두 눈과 함께. 실종되어 버린 반대편으로

고급아동인쇄, 고속교사당일제본. 연구소는 3층입니다

2층 多人 미장
자라는 것들이 나를 힘들게 해요
우리를 숨차게 하는 건, 뜻도 모르고 길어져 가는 뼈들
이에요
점선처럼 사라질 수 없었던 건
몇 가지 지시어를 존중했기 때문이죠
기다려, 앉아, 일어서, 주세요
아름다운 감정을 표현하는 가위 같은 것들

전야제뿐이죠. 머리를 올린 엄마가 딱딱한 의자에 앉아,
파티는 언제 시작되죠? 얼굴과 몸을 묻고. 다른 많은 아이
들은 그렇지 않잖아요. 울고 또 울면. 선생님들은 엄마의
머리 위에 내일로 시작하는 새로운 스타일을 올려 주지만

운동회 때 체육복 안 입으면 어떻게 돼요? 한 아이가 지나가고

선생님 지하철 2호선 타 봤어? 또 한 아이가 지나가고

우리에겐 반복되는 전야제뿐이죠

운동회 때 체육복 안 입으면 어떻게 돼요? 오후 3시가 지나가고

선생님 지하철 2호선 타 봤어? 오후 4시도 지나가고

문을 열면 아이들은 청결한 쌍꺼풀 속에 내일을 숨기고, 숨을 고르고

판매되지 않을 만큼 아름다운 감정들을 쇼핑백 속에 담아 훔쳐 내고 싶었지만

고양이들처럼 간단히 도둑이 되어 버릴 수 없었던 건, 나에게 잘려지지 않는 장애가 있기 때문이에요

아이에게 매일 다른 표정, 자연스러운 스타일을 선물하

세요. 연구소는 3층입니다

3층 B동
많은 날 동안 나는 무기력하고 무능력한 스피커였다

아이와 블록을 놓을 때 빨간색, 노란색, 빨간색. 파란색
블록은 없나요? 다시. 빨간색, 노란색, 빨간색
아이와 계단을 걸을 때 하나, 둘, 셋. 계단에 그어진 줄을
따라 걸을래요. 아니야. 하나, 둘, 셋

마음만 먹으면 접을 수 있는 종이 같은 건 다시 되고 싶지
않아요. 하지만
네가 만든 규칙에 네 발이 걸려 넘어진다는 것을 잊지
마라, 얘야

자폐아동치료연구소는 3층입니다. 창문에 붙어 선 아이
들은 습관적으로 손을 떨고. 맞은편 증권사 유리 위에 자
신의 모양을 찍고. 아이들이 있는 세상에 가 보고 싶죠

오전 10시 그리고 오후 5시
돌아오지 않았어요

연구소는 어디입니까?

그녀의 인사

— 진짜 나는 없어

그래서 텅 비어 버린 나는 가끔씩 누군가를 기다리고 싶어
지지

1

안녕하세요. 나는 3층 여성 의류 코너에 있어요. 그곳
에서 하루 종일 웃고 있지요. 나를 시험하고 싶다면 기꺼
이 답해 드리죠. 매주 들어오는 열 가지 재킷 중 하나가 면
48%와 금속섬유사 2%, 마 50%에 배색이 폴리에스테르이
고 자수사가 레이온이라는 것을 말이에요

나는 결코 찡그리지 않아요

2

오늘은 그 애가 빳빳하게 스팀한 신상품을 내게 입혔어
요. 파란 스웨이드 재킷과 가벼운 네이비 색 시폰 스커트
아래는 의류용 장어의 가죽으로 만든 은빛 구두를 신겼지
요. 그 애는 늘 같은 검정 바지에 목이 늘어난 그린 색 니
트를 입고는 닳아빠진 자신의 검정 단화를 말없이 바라보

고 있었어요. 나는 하루에도 몇 번씩 옷을 갈아입고, 사람들은 노골적으로 내 몸을 훑어 대지만 누구의 인간성에도 위배되지 않아요

　나는 허울뿐이에요

　그 애는 하루에 몇 시간이고 사람들에게 옷을 갈아입히고, 그들 모두를 마네킹으로 만들지만 그 애야말로 사랑이라고는 모르는 진짜 마네킹 같아요. 사람들이 모두 빠져나간 매장에 남아 다시금 나에게 보이는 그 애의 굳은 얼굴은, 소름이 끼칠 정도로 날 닮아 있어요

　오늘은 비가 오네요. 백화점 안은 시간이 멈춘 듯, 머리 위로 수백 개의 백열등을 뿜어 대며 비슷한 날들을 쏟아 내고 있어요. 그 애가 내 옆에서 쿨럭쿨럭 사람들을 토해 내는 에스컬레이터를 바라보고 있네요

　3
　나에게 와요

바람난 남편을 위해 다이어트를 결심했다는 44사이즈의 당신. 당신은 불완전하지만, 나의 고객이에요. 어서 오세요. 차에 치인 장애 아동을 평생 AS해야 한다고요? 죄책감의 자리에 신중하게 고른 신상품을 입혀 드리죠. 거짓된 마음 조차 진심인 듯 팔 준비가 되어 있어요

당신은 불완전하지만

나는 스스로의 친절에 중독돼 버린 판매 사원. 나에게 와요

4

오늘은 그 애가 내게 말을 걸었어요. 있잖아, 만약에 용왕이 손님이고 토끼가 판매 사원이었다면 토끼는 용왕에게 간을 주었을 거야

나는 실리콘 물고기들이 천장을 통해 늘어져 있는 전시용 유리 안에서, 파란색 비키니 수영복을 입고 커다란 챙모자를 눌러쓴 채 말없이 그 애의 말을 들었어요. 그 애가 약속했어요. 내가 바닷가에 가면, 너를 해변 위에 놓아줄

게. 사람들은 너를 보며 얼굴을 붉히겠지

오늘은 백화점에서 일하던 한 노처녀가 자살을 했다나 봐요. 그 애의 매장 둘째 언니는 동거했던 남자 때문에 자살 기도를 했던 스물다섯 해 어느 여름 이야기를 꺼내었고, 그 애는 다량의 수면제를 먹고 이틀 만에 깨어났던 지난 일을 곱씹었죠. 오래전에 돌아가신 그 애의 할머니는 백화점 유리를 닦았다나 봐요

결코 아무 일도 일어나지 않아. 나는 불친절해질 수 없지. 그 애의 말들은 시간의 기포처럼 날아가 버리고

그 애는 어디로 갔을까요. 마네킹의 바다는

스웨터의 여왕

― 404호 아기들에게*

오후가 될 때까지 이모들은 스웨터의 여왕처럼 길어져요

am 7:50. 엘리베이터가 울리면 이모가 와요. 울린다고 진짜로 울어 버리는 우리는, 404호 지겹도록 반복되는 후렴이죠. 이모의 스웨터 앞가슴에 대롱대롱. 색색의 어긋난 단추 열한 개로 매달린 우리는 어쩌면 표백되어 버린 뼈들이죠

am 11:00. 늘어선 복도에 쓰레기통은 없어요. 대신 쓰레기통을 닮은 오줌기저귀통 네 개. 침대차 위에서 잠이 들었고 꼭 맞는 파란색 뚜껑을 덮었죠. 다시 구겨져 버려지는 일은 없겠지만 그리운 쓰레기통. 누구에게도 맞지 않는 여왕의 민무늬 가슴을 찾아 우리는 다투었고, 열한 개의 왼쪽 눈에 눈물방울을 매달고. 이모는 흘러내린 단추들을 매달고. 오전 11시. 잠이 들었죠

pm 2:00. 볼레로처럼 허리가 짧아진 낮에 이모는 여러 겹의 옷을 지어 입고, 아가들은 카디건 모양 나무처럼 자라나지. 오지 않는 엄마만큼 늘어난 오늘에 단추들을 매달

며, 402호 신생아실 어떤 아가는 손가락 사이가 짓물렀단다

맹 이모는 젖병을 물려 주었고 공 이모는 양손에 양말을 신겨 놓았지. 데이(day) 이모는 배고픈 아가를 돌보았고, 나이트(night) 이모는 사람에 굶주린 아가를 돌보았지. 숙 이모는 우는 아가를 쥐어박았고, 정 이모는 그 아가만 안아 주었지. 이모들은 서로 다른 모양의 가슴을 들고 아가들을 돌보았지. 한날 이모들은 아가들을 두고 차별하지 말라며 서로 다투었고 낮 시간을 함께하는 자원봉사자 남학생은 자신의 커다란 손발처럼 성큼성큼 말했지. 아가들이 운다고 안아 주면 나이트 이모가 힘들어서 안 돼요. 아가들은 손을 빨다 잠이 들었고

이모들은 오후처럼 울먹였지. 변하지 않는 단 하나의 가슴을 가진 엄마처럼, 당연하게

pm 3:00. 오후는 비에 젖은 놀이공원. 쉬지 않고 돌아가는 회전목마처럼 우리는 오후 위에 올라 징징대죠. 우리는 텅 빈 등으로도 땀을 흘리고 이모는 단추들을 매달고

404호 우리 아가들. 누구는 다리 사이에 발진이 생겼단다.

빨래방 아저씨가 덜 헹구어 낸 기저귀 때문이지. 이모는 붉어진 얼굴로 카네스텐 분도 더마톱 연고도 발라 주지만, 고백할게요. 결코 완성될 수 없는 오후에. 열한 명은 선으로만 이루어진 도형이죠

　우리는 이모의 앞치마에서 흐른 분통을 입으로 가져가요. 단 한 명의 엄마를 가지려는 아가들처럼, 당연하게

　pm 4:00. 이모는 단추들을 매달며, 집으로 가렴. 신발도 없이 걸음마를 시작하기 전에. 길어져요. 스웨터의 여왕처럼

　우리는 쉬지 않고 돌아가는 회전목마. 여왕의 호화로운 스웨터에 매달려 징징대죠. 우아하게 뜯겨 나가는 오후처럼

　pm 5:50. 집으로 가요. 어제만큼 늘어난 이모의 목이 부패하기 시작하면. 엘리베이터를 타고, 이모는 집으로 가요. 방바닥을 굴러가는 아가들과 기어가는 단추들은 두고

　열한 개는 삼키기엔 너무 많은 이름이죠. 나도 고백할게

요. 엄마도 없이 지나간 11개월은 다시 돌아오지 않아도 돼요. 매일 밤, 이모도 가슴으로 떨어지는 실밥들을 양손으로 다 잡을 수는 없을 테니까요

  am 8:00. 엘리베이터가 울리면 이모가 와요. 서로의 눈속에 담긴 기다란 실밥들을 열한 개의 속눈썹으로 간질이며, 안녕. 적응이란 그런 거야. 축축한 잠을 자고도 다음 날이면 말짱한 얼굴로 안녕, 하는 것. 안녕

* 선유, 유진, 정자, 보람, 유은, 유민, 건희, 강희, 선주, 이슬. 지워진 뒤에도 불러 보고 싶은 이름들에게.

27

제4호실*

직선과 직선들이
직각으로 떨어진다
직사각형 아래로,
직육면체의 제4호실 안으로

그녀들이 처음 보는 유치장 안에 동그랗게 모여 앉았다

용인 경찰서 유치장보다 못하네
용산 참사 해결하라
용용 시끄러워 죽겠지

잘생긴 아저씨, 여기선 왜 밥 먹고 커피 안 줘요? 용인
경찰서에서는 커피 주는데. 까르르르르르

그녀들이 유치장 안을 동글동글 굴러다닌다
그녀들의 이야기가 두루마리 휴지를 타고 양변기 안으
로 쏟아질 때
그날의 용기도 없이 물어본다
그런데 아줌마는 누구세요?

그냥 아줌마지. 제4구역 주민이지. 이봐요 아저씨, 죄 없는 사람 가둬 놓고 왜 커피 안 줘요? 강동서로 갔으면 잡탕밥도 먹었을 텐데. 까르르르르. 평범한 아줌마가 이제는 투사가 되어 유치장 오가기를 반복하지. 데구르르르. 까르르르르. 미끄러지지

직선과 직선들이 직각으로 떨어진다
그녀들의 동그랗게 누운 배 위로
용용 죽겠지
쥐새끼 하나 없는 깨끗한 유치장 벽에 아줌마가 지퍼 손잡이로 글씨를 새긴다

그냥 아줌마지. 제4구역 주민이지. 아들은 5학년 아가씨만 한 딸이 있지. 딸은 모르지. 아들은 혼자 밥을 먹고 학교에 가고, 우리는 순서를 바꿔 가며 교대로 잡혀 오고 익숙하게 풀려나지. 까르르르르. 미끄러지지

철컹. 우리는 목에도 걸리지 않는 직육면체의 제4호실 밖으로

집 없는 아줌마라고 눈물도 없는 줄 알지

동그랗게 팔을 모아 아줌마가 나를 안았다. 철컹. 나는
다시 그녀들의 제4호실 안으로. 그렇게 영원히 밖으로

* 우리의 순간이 달아난 뒤에도 기억하고 싶은 제4구역 아줌마들에게. 영
  원처럼 반복되는 나의 제4호실 안에서 밖으로.

미식가들

그녀의 뼈 분쇄기

생리가 끝날 때쯤 하얀 구두끈을 발목에 채우고. 목에서 목까지. 남편과 다시 결혼을 해요. 어젯밤까지 이를 부딪치던 불안. 모두 끝났어요. 매일같이 밝은 형광등 불빛 아래서 사랑해 찌그러지지도 않고 거짓말을 하던 당신. 하얀 구두끈을 당신에게 채우고. 목에서 목까지. 다소 노골적으로 하얀 당신의 뼈들과 순결한 신부처럼 첫날밤을 시작하죠. 당신은 멋있어요. 다리도 엉덩이도 가슴도.

욕을 하던 입과 나를 때리던 주먹만 빼면 당신은 맛있어요. 살들을 발라낸 당신의 뼈들로 분쇄기를 채우고. 나는 트램펄린 위에 올라 팡팡. 양손에 당신의 뼛가루를 바르고 체조 선수처럼

생크림 살

생리를 하기 전에는 퉁퉁 부어오른 가슴을 눈 대신 채우고. 브래지어도 차지 않고. 민낯을 드러낸 젖가슴으로 살인을 시작해요. 모두 끝났어요. 수술대 위에서 눈물처럼 뚝

뚝 떨어지던 나의 유방. 사랑한다고요! 매일같이 물속에서 불어 올린 퉁퉁 부어오른 거품들로, 포근한 거짓말을 하던 당신. 가슴이 사라진 자리에 당신을 채우고. 브래지어도 차지 않고. 부드러운 당신의 육질 위에 뼛가루처럼 하얀 천들을 씌워요. 피로연은 끝났어요. 압사당한 소음 위로 진동하는 당신. 겨드랑이도 발바닥도 뒷목도. 뼛가루로 가득 찬 입속과 다물어지지 않는 주먹으로 감동하는 당신. 당신의 살들을 핸드믹서 아래 놓고 나는 천 안에서 리본이 되어 핑그르르. 파도처럼 당신의 살들을 출렁이며 즐거운 나선형의 리듬으로

8번 변기

생리를 할 때에는 달콤한 식욕으로 나를 채우고. 식도에서 식도까지. 당신과 헤어져요. 매일같이 당신에게 배달되던 날들. 모두 끝났어요. 생리대 위를 구르며 살려 줘 빈혈에 걸린 사랑을 구걸하던 당신. 가장 달콤했던 날들로 나를 채우고. 식도에서 식도까지. 훔쳐 내고 싶은 당신의 손찌검과 생리 도벽에 걸린 여자의, 멋있는 식사 시간이에요.

당신을 배달하죠. 당신이 가장 좋아하던 변기에 버려 줄게요. 당신은 맛있어요. 나는 고독한 기생충처럼 당신의 입속에서 혀를 갉아먹고. 미각을 잃은 당신이 고통에 몸부림칠 때, 나는 미식가처럼. 당신은 맛있어요. 유방암을 앓고 난 여자처럼 흔들림 없이 점프하죠

손

선생님이 좋아요. 머리띠를 벗겨 달아나 냄새를 맡아요.
선생님이 좋아요. 손을 잡아요

너, 담임 선생님 좋아하지? 매일 밤 선생님과 결혼하는
꿈을 꿔요. 그래, 너는 거짓말을 못 하지. 네 담임 선생님은
내일 결혼한단다

선생님의 손바닥이 내 손바닥에 묻을 때 우리는 손을
잡고 나란히, 화장실에 가는 열두 가지 순서를 배워요. 착
하구나. 선생님의 손끝이 내 머리 위에 남을 때 우리는 순
서대로 나란히, 잡은 손을 놓고. 샌드위치를 만드는 열네
가지 방법을 모두 배워요. 참 잘했어요. 끝이 나요. 선생님
이 쥐여 준 초콜릿을 꼭 잡은 채로 시장 놀이가 시작될 땐
선생님이 준 종이돈을 내밀고 우리는 모두 사라져야 해요.
언제나 순서대로. 멀어지는 법을 배워요. 선생님, 가질 수
없는 것들을 다신 주지 마세요. 손톱 밑에 낀 초콜릿들의
아우성

넌 선생님이랑 결혼 못 해. 나는 나에게 얼마나 폭력적

인가요. 점심도 먹지 않아요. 머리카락을 자른 선생님이 싫어요! 하지만 머리카락이 긴 선생님은 좋아요. 발로 차요. 우리는 서로에게 조금은 폭력적인가요? 하루 종일 울어요. 그래요, 나는 꿈속에서도 거짓말은 하지 못하죠

잠은 늘어나고 꿈은 사라져요. 에스컬레이터 위에 구두를 올리고. 지적장애가 있는 친구들은 모두 아래층으로 내려가세요. 선생님은 발이 짧은 인형처럼 내 앞으로 사라져요. 위로 가는 학년들은 모두 사라져요. 등뼈와 가슴이 맞닿은 사이로 벗겨진 시간이 지나가고. 우리는 순서대로

어른이 되는 놀이란다. 자장가가 끝나면 얼굴을 가리고 웃을 수 있지. 손목 사이로 생긴 벽에 내 손끝이 묻었어요. 눈물이 나요. 쉽게 잠들지 마. 내가 내게 속삭여요

선생님이 왜 좋니? 나는 슬픈 자장가가 좋아요. 선생님은 내일이면 결혼한단다. 손을 잡아요. 내가 손을 가져가면 마음도 가져갈 건가요? 선생님이 미워요. 헐거워진 우리의 손을 더욱 꼭 잡아요

식충 해바라기

　배고파요. 식충 해바라기가 화병 속에 담긴 채 울었다. 이빨 빠진 해바라기는 식탁 위에 있었다. 언제든 정물화가 될 수 있는 잘 꾸며진 미술가의 부엌이었다. 지나다니는 사람들은 물살을 가르듯 천천히 움직였고 손톱을 뜯던 여주인은 붉은 입술을 뻐끔거렸다. 불을 끄자 여주인의 투명한 살 속에서 야광 뼈가 보랏빛 침을 흘렸다

　배고파요. 식충 해바라기가 황금빛 꽃잎을 뜯으며 울었다. 굴광성 해바라기는 오늘도 빛나는 여주인을 향해 있었다. 나에겐 얼굴이 없지만 눈물에겐 얼굴이 있지. 지저분해진 식탁을 치우며 소녀는 눈물을 훔쳤다. 지나다니는 사람들은 모두 얼굴이 없었고 입술을 뜯던 여주인은 붉은색 매니큐어를 입술 위에 발랐다. 여주인이 지나가자 소녀는 손톱만 해진 자신을 식탁 위에 올리고 눈물에 떠내려갔다

　배고파요. 식충 해바라기가 하루살이를 향해 입을 벌리고 울었다. 혀가 잘린 해바라기는 잘 손질된 채 식탁 위에 놓여 있었다. 나는 세상 모든 일들이 시시하단다. 손님들의 배를 가르는 여주인의 손은 물살을 가르듯 천천히 움직였

고 붉은 태양빛이 식탁에 내리꽂혔다. 여주인은 울고 있는 해바라기를 화병에 담았다. 얼굴 없는 해바라기는 눈물로 화병 속을 채우고 액자에 담겼다. 이름난 미술가인 여주인은 작품들을 완성하고 입을 닦았다

　배고파요. 식충 해바라기는 황홀한 듯 여주인을 보며 울었다. 배가 고픈 해바라기는 정오의 그림에 잠겨 잎 가장자리 톱니를 키웠다. 여주인이 지나가자 해바라기는 여주인을 향해 기울었다. 화병이 쏟아지고 액자가 뜯기고 여주인은 눈물을 흘렸다. 불을 끄자 해바라기의 투명한 꽃대 속에서 여주인의 야광 뼈가 보랏빛 침을 흘렸다

　단지 당신이 보고 싶었죠. 해바라기는 여주인을 향해 활짝 웃었다

204호 미용실

마음이 아픈 날은 미용실에 입원해요. 무엇을 도와 드릴까요? 엄지손가락을 닮은 원장 선생님이 반음을 흘리면, 내게도 미용술을 베풀어 주세요. 아름다움을 전문으로 하는 당신 앞에 가운을 입고 눈을 감아요. 빛바랜 식도를 염색하고, 방금 남자 친구와 헤어졌어요. 젖어 있는 성기를 드라이하고, 어제는 할머니가 돌아가셨죠. 실어증에 걸린 뇌에 집게를 꽂아 두고, 내일을 들을 수 없다고 왜 오늘 소리를 지르지 못하느냐고 묻더군요. 꼬여 있는 장기들을 차례로 빗질하고 파마할까요? 헤어진 남자 친구를 커트해 주세요. 새로 사귄 남자 친구 2센티 위로. 새로 사귄 남자 친구와의 화해는 디지털 펌으로 해 주세요. 헤어진 남자 친구 때문에 생긴 오해는 풀자마자 자연스럽고 오래가도록. 뭉친 근육은 잘라 낼까요? 떨어진 혈압은 볼륨매직을 곤두선 신경은 스트레이트로, 돌아가신 할머니는 화장해 주세요. 왜 여자들은 이렇게 자주 눈물에 화장을 하죠? 언제 흘릴지 알 수 없으니까요. 모든 슬픔은 204호로, 지금보다 굵고 선명하게 말아 주세요. 204호가 없다면 204개의 나를. 갈라진 우리에게 트리트먼트해 주세요. 내일을 들을 수 없다고 오늘 왜 소리 지르지 못하죠? 그런 건 당신이 좀 알아서 해요

38

고막을 감겨 주던 여학생이 불평해요. 화장실에 가고 싶어요. 얘야, 들을 수도 있는데 말을 하면 되잖니. 손님을 두고 화장실에 가면 죽어요. 웨이브가 많은 남자를 사랑하면 되겠구나. 아니, 그게 무엇이든 잃어 보면 되겠구나. 화장실에 가고 싶어요. 사랑한 적 없는데 미용실에 올 수 있겠니? 아무것도 잃어 본 적 없는데. 손님이 되어 화장실에 가면 되겠구나

　또 오실 건가요? 젖은 나를 말리던 여학생이 물어요. 내일 무엇을 잃을지 오늘 어떻게 알 수 있겠니

　마음이 아픈 날은 미용실에 입원해요. 반음을 닮은 사람들이 줄줄이 의자에 누워. 온음이 되길 기다려요

달려라, 물고기
— 사내에게 쓰는 편지

1

세상에도 끝이 있나요? 사랑은 언젠가 끝이 나겠지만. 그녀와의 사랑이 끝나기 전에 나는 달려야 해요

처음부터 세상을 잘 보는 사람도 있나요? 조금씩 빛을 잃어 가는 사랑처럼 우리도 언젠가 시력을 잃을 거래요. 처음부터 아무것도 보지 못했다는 사내가 말했죠. 한 번쯤은 전력 질주하고 싶었지

그래서 달리기 시작했어요. 그와 같은 꿈을 꾸며. 그와 같이 낮은 시력을 가지게 될 때까지. 사랑하는 그녀에게 내일의 불안처럼 가까워지기 위해

2

그녀를 사랑할 땐 이미 모든 게 흐릿했죠

모든 건 판매와 같지. 거대한 마트에서 부속으로 일하던 이모는 말했어요. 물고기나 동물은 교환되지 않습니다. 식물원이 없는 놀이공원에서 일하던 그녀도 말했죠. 동물원은 365일 연중무휴입니다. 티켓을 끊어 주며 그녀는 말했어요. 네 사랑이 교환될 수 없는 물고기 혹은 쉬지 않는 동

물이길 바라

하지만 사내가 가진 긴 지팡이, 검은 안경처럼 몸에서 떨어지지 않는 것들도 있나요? 한 번쯤은 전력 질주하고 싶었지. 시력처럼 떨어져 나가는 사람들을 주워 본 사내가 말했죠. 시력처럼. 시간이 지나면 나도 그녀를 잃을 거래요

그래서 그녀의 손을 잡고 달리기 시작했어요. 손님, 동물원은 연중무휴입니다. 내 손을 티켓과 교환하며 그녀는 말했어요. 우리의 사랑은 달아날 수 없는 물고기이길 바라

3

지팡이 끝에서 튀어나온 토끼처럼 사랑이 재빨리 끝났을 때, 나도 사내도 시력을 잃었죠. 멀어진 그녀를 알아볼 수 없었어요

어쩌면 나는 너무 일찍 사랑을 잃은 사내. 처음부터 미완성의 망막을 지녔던 사내처럼 언제나 사랑에 미숙했죠. 우린 모두 시력을 잃을 거래요. 사내가 말했죠. 이미 그녀의 입술에 물든 오래된 나의 결막도 눈썹이나 뺨도 보이지

않았어요. 나는 내가 보이지 않아요. 내 얼굴은 지구를 비껴간 소행성처럼 멀어지고. 어쩌면 잃어버린 모든 건 그 위에 올라 있는 건지 몰라요. 영원히 미성숙한 나를 물고 빨며. 시력을 잃은 건지 사랑을 잃은 건지 아직은 알 수 없어요. 나는 아직도 사랑에 미숙하죠

4
완전히 눈을 감을 용기만 있으면 돼

한 번쯤은 전력 질주하고 싶었지. 처음부터 잃을 만한 시력조차 지닌 적 없던 사내가 내게 말했죠. 나도 손가락 끝에 번지지 않는 열 개의 눈을 가질 수 있을 거래요

그래서 그의 손을 잡고 달리기 시작했어요
세상이 모두 끝날 때까지

느껴 봐, 네 뺨 위에 오른 햇빛이 서서히 방향을 옮겨 가듯. 말해 봐, 사랑이 방향을 바꾸는 것도 쉬운 일이지? 한 번도 나를 본 적 없던 사내가 보이지 않는 두 눈으로 말했

어요. 우리는 달려야 해

　네 사랑이 교환되지 않기를 바라. 그녀는 나를 담은 두 눈으로 말했었죠. 내가 한 번도 볼 수 없었던 나를 보며. 너는 달려야 해

　전력 질주하는 꿈
　그의 꿈을 꾸며 혹은 그녀의 꿈을 꾸며
　나는 보이지 않는 나를 찾아 세상 끝까지 전력 질주하기 시작했죠

선풍기

1
천사는 선풍기를 닮았어요
날개를 달고 찾아오죠
엄청난 소음과 진동 속에서

나는 듣지 못해요
그는 걷지 못하고요
하지만 그가 전동 휠체어를 타고 천사처럼 내게 오는 걸
느낄 수 있어요. 가면 뒤로 얼굴을 가린 소음과 함께. 익숙
한 진동을 일으키며
그러니 천사를 닮은 선풍기는 필요 없어요

나는 더위를 말하지 못해요
그는 바람 소리를 가져오지 못하고요
손잡이에 매달린 검정 비닐봉지의 가벼워진 얼굴로, 그
가 전동 휠체어를 타고 집으로 와요. 선풍기를 살 수 있다
면 좋을 텐데. 그가 말해요. 나는 그에게 속 시원히 하루
를 털어놓을 처지도 못 되지만, 그가 오는 것만 봐도 온몸
이 떨리는 걸 느낄 수 있어요

그러니 선풍기는 필요 없어요

2

나는 그가 주워 온, 고장 난 선풍기의 버튼을 가만히 눌러 봐요. 그가 노래를 부르며 내게 오는 걸 느낄 수 있어요. 발 딛기도 전에 무도회에서 쫓겨난 소음들과 바이올린 향 진동을 일으키며. 그가 구두도 신지 못한 상처투성이 손을 내밀어도, 나는 두근거림에 맞춰 기꺼이 춤출 수 있어요

그는 양손으로 걸어요
나는 말을 하지 못하고요
하지만 부채가 모든 말을 대신하죠
미술관에 걸린 우아한 부인의 초상처럼, 나는 땀 흘리는 그를 향해 부채를 움직여요. 주름진 부챗살 사이에 우리의 하루하루를 새겨 넣으며. 내 손으로 그의 발을 대신하죠

느낄 수 있어요. 그가 날개를 달고 시원하게 돌아가는 소리를

3

천사는 그를 닮았어요

너무 늙어 버린 나를 위해 침묵과 상냥한 진동을 달고
찾아오죠

부채를 펼 수도 없을 만큼 지친 날에

그는 전동 휠체어에서 내려와 조용히 내 옆에 앉아요.
하지만 느낄 수 있어요. 그가 엄청난 소음과 진동 속에 있
다는 것을. 슬픔을 재생하는 버튼은 고장 났지만, 그가 낡
은 무릎뼈 사이로 일으키는 무역풍 향 진동을

느낄 수 있어요

여태껏 우리에게 견디지 못할 여름은 없었어요

나는 바람을 달고 떨리는 그의 몸속을 관통해요

휠체어에 걸린 검정 비닐봉지 속에서 그를 닮은 초파리
들이, 선풍기 날개를 달고 천사처럼 날아올라요

무늬를 가진 것들

하루는 손등 위에
육각의 무늬를 그려 넣고
바다거북이 되었다

그래도 헤어질 땐, 입술을 깨물었다

입술 끝에 맺힌 적갈색 상처를 찍어
발등에 바르고,
웅크려 앉은 정방형 바닥부터
봄에 내린 비가 차오르면
산란지를 잃고 떠도는 붉은 바다거북이 되었고

그렇게 헤어져도, 눈꺼풀이 무거웠다

어제는 손바닥에
죽은 새끼 거북의 방패 무늬 등껍질을 쥐고
적송이 되었다

다시 만날 땐, 더 단단한 껍질을 가지려고 잇몸을 드러

내고 웃었다

  잇몸 끝에 드러난 송곳니로 팔뚝을 물어
  붉은 가지를 만들고,
  음부 아래로 당신의 손가락만 한 노란 성기가
  꽃무늬로 피어나면,
  푸른 손톱으로 솔방울을 움켜쥐는 소나무가 곧 내가 되
었고

  당신을 다시 만날 때마다, 갈라지고 갈라지고 갈라졌다

  내일은 볼록한 아랫배 위에
  바늘로 소나무 무늬를 찔러 넣고
  호박 등이 되려 한다

  눈을 뜨면, 나체로 묻고 나체로 말하고

  나체로 된 슬픔을 배꼽 위로 흘려
  온몸을 갈색으로 물들이고,

갈색 호박 등 안에 숨어 곡선의 춤을 추는
몸통뿐인,
여인의 무늬가 되려 한다

눈을 떴을 때
모든 건 꿈뿐인

나는, 무늬를 가진 것들

비밀
—— 은폐에 대하여

그해 여름은 허리가 긴 수목원의 등뼈 같았지. 길었다.
그녀는 웃었고 그는 실소를 참을 수 없었지. 우리는 우리
가 싫어하던 비스킷 소리를 흉곽에 잔뜩 머금고 먹음직스
럽게 말라 갔지. 그해 여름은 미도리라는 이름을 지닌 작
달막한 여자 같았지. 길지 않았다. 사실 여름은 오지 않았
지. 우리는 우리를 살인 충동에 휘말리게 하는 높다란 건
물 사이 좁은 골목 안에서 추위에 시달렸고. 너는 웃었고
나는 긴 허리를 차곡차곡 접어 가며 목을 감쌌지. 손목을
감쌌지. 우리는 우리의 손에 대해 생각했지. 음식을 만드는
손 떠먹는 손 사랑하는 손 오직 사랑하는 손 손등 외로운
교류할 수 없는 등. 추위에 떠는 것들이 너무 많아 우리는
뜨거운 초콜릿을 마셨고 마른 초콜릿에서 벗겨 낸 은박지
소리를 내며 소란스럽게 말라 갔지. 무책임하게 살이 찔까
봐 겁이 나. 그녀는 울었고 여름은 오지 않았지

어쩌면 추억은 거짓 같았지. 말들은 길었다. 나의 오래
된 여행에서 우리는 서로의 왼쪽 눈을 가린 채 눈먼 은사
시나무의 잘린 팔들을 보았고. 겨울의 결정과 비밀이 간직
한 슬픔을 보았지. 사실 우리는 무엇도 볼 수 없었지. 그녀

는 언제나 한쪽 방향을 가린 채 눈먼 마음을 숨겼고. 추억은 몸통 없는 그리움. 길지 않았다. 하지만 그는 그가 지닌 거짓을 버릴 수 없었고. 우리는 집이 없습니다. 가구가 없습니다. 어쩌면 우리는 없습니다. 하지만 나와 결혼해 주시겠습니까?

가질 수 없는 것들이 가지고 싶어, 그녀는 울먹였지. 무책임하게 살이 찔까 봐 겁이 나. 하지만 너를 가지고 싶어. 그는 웃었지. 우리를 정신병자처럼 만드는 건 저 소란한 추위가 아니야. 우리는 우리가 지겨웠지. 서로에게 지긋지긋한 반복을 선물하며 오늘도 그가 웃었고 그녀는 웃

해바라기로 가는 안내서
— 해바라기, 안내서의 순서

우리는 너무 멀다

우리가 지닌 화려함의 문제
유려한 색채로 가장자리를 채우고
우려하던 남방긴수염고래 떼의 암갈색 유영

문제가 문체로 읽히는 순간, 유려한 문체로 문장의 가장
자리를 채울 수 있을까

해바라기가 포유류의 색을 가지는 순간, 안내서 역시 심
장형 가장자리를 오려 자신을 소개하지

그것은 우리가 가진 역설의 문제
해바라기는 잎을 팔아 바꾼 여러 개의 몸통을 가지고
관다발과 줄기세포를 동시에 가진다

해바라기가 안내서를 찾아 떠나는 순간, 나는 기꺼이 움
직임을 버리고 해바라기로 가는 안내서

어쩌면 그건 우리가 지닌 감정의 문제

길은 어긋나고, 해바라기는 약초를 먹고 튼튼해지지

두근거리는 잎맥을 뽑아 마음에 드는 흉곽을 짤 수도
있다는 것

해바라기와 안내서가 너와 나로 느껴지는 순간, 만질 수
없는 우리도 서로의 가장자리를 채울 수 있지 않을까

배고픈 해바라기가 안내서를 떠나는 순간, 나는 해바라
기가 되는 안내서. 뜨거워진 책장을 펼쳐 해바라기를 꼭
껴안는다

우리는 너무 가까이 있다

2부

밀폐용기 속의 아이들

중국기계공

004년 대학
나는 꼭 다문 입술 사이로 흐르는 침
너의 비밀을 알고 있지

너는 대머리 중국기계공의 눈먼 아들
우리가 나란히 책상 앞에 앉아 중. 국. 기. 계. 공*
국가수준 교육과정 설정 필요성에 맞춰 입을 모을 때,
색은 너의 꼭 다문 입술 새로 흐르는 침처럼 비밀스럽고

소리는 멈추지 않았지. 쉼 없이 몸을 움직여 만들어 낸
소리로 너는 말했지. 점자를 찍어내듯 시끄러운 중국기계
공을 날카로운 점필로 콕콕 찍어 낼 수만 있다면
너는 말했지

졸업을 앞두고 점점 더 앞으로 뻗어 나오는 덧니에 아랫
입술이 뚫린 나에게
사람들은 언제나 길어지는 모든 것들을 문제 삼아
데시벨도 측정되지 않는, 짧아진 소음들처럼. 그렇게 너
는 기다림이 없는 모든 것들을 두려워했지

005년 고등학교

비밀이라고는 일절 없는 고등학교를 다닐 때였지

중국기계공들이 인권 보장을 외치며 거리로 뛰어나오던 날

근현대사 수업은 없었지

영어 선생님은 수업 시간에 임의적으로 너의 아버지를 경멸하도록 허락했고

우리는 고개를 주억거리며 정치적으로 변해 갔지

거리에서 외국인을 만날 때조차 선생님의 발음을 흉내 냈지

007년 고등학교

중간고사를 마치고, 너는 중국기계공이 되기로 결심했지

다 자라서도 엉덩이를 내어놓고 눈밭에서 볼일을 볼 생각은 아니겠지?

담임 선생님은 선택과목에도 없는 너의 꿈에 책임을 다할 생각조차 없었고, 너는 고개를 숙였지. 그런데

시험에도 나오지 않는 것들을 가르치려 했던 한문 선생님은

어떻게 되었을까?

008년 중학교

자는 게 도와주는 거란다

마침내 나는 흡혈귀가 되어 갔지

우리 모두에겐 균등하게 1등을 방해하지 않을 기회가
주어졌고

너는 날마다 렌즈 세척액을 나누어 바르고 눈이 멀어
갔지

하지만 세상은 이어폰도 없이 흐르는 음악

소리만은 멈추지 않았지

000년 초등학교

우리가 나란히 새끼손가락을 걸고 비밀스런 초등학교에
입학했을 때

우리 엄마는 너의 아빠를 싸구려 기계공이라고 비웃었
고, 너의 엄마는 중국에서 아이들을 가르쳤지. 한국으로
와 더욱 유능한 파출부가 되기 위해

하지만 내가 6학년이 될 때까지도, 너는 1학년에 머물

렀고

싸구려 중국기계공의 눈먼 아들 따위에게 높아질 단계
는 없어

너는 기억이 지워지지 않는다며 해마다 무거워지는 머리
를 영역별로 나눠 정리했지

001년 초등학교

해가 바뀌고, 2000개의 폭죽이 터질 때에도 우리는 결
코 감상에 빠지지 않았지

나는 밤마다 편의점을 지키며 흡혈귀가 되어 갔고

너는 아버지의 눈을 피해 중국기계공이 되어 갔지

004년 대학

졸업을 앞두고 우리가 나란히 책상 앞에 앉아, 국가수준
교육과정 설정의 필요성을 암기할 때

중. 국. 기. 계. 공. 너는 문자들을 따내어 너를 만들고.
너는 웃었지

이젠 들리지도 않아

약어로 만든 암기법처럼 너는 간단해졌고

해가 바뀌고, 2000만 원의 빚이 생겨도 우리는 결코 감
상에 빠지지 않았지

나는 중. 국. 기. 계. 공. 밤마다 거짓말이나 외우다 흡혈
귀가 되어 갔고

너는 어디에선가 진짜 중국기계공이 되어 있겠지

* 2007년 개정 교육과정에 명시되어 있는 국가수준 교육과정의 기준 설정
의 근거 가운데 ① 교육의 중립성 확보 ② 교육목표 달성에 대한 국가의
책임 ③ 교육의 질적 기회를 균등하게 보장 ④ 단계별 교육 내용의 계통
성과 일관성 ⑤ 공교육의 입장에서 교육의 일정 수준을 유지함. 이 다섯
가지를 약어법으로 축약한 것을 말한다.

시골 방문기

먼 곳으로 가야 해. 할머니를 보려면
하지만 고모, 우리는 한 번도 할머니를 먼 곳에 둔 적이
없어요

자정을 지난 시곗바늘은 제 살을 깎으며 돌아가고
스티로폼처럼 가벼워진 영혼으로도 우리는 쉽게 잠들지
못했다
어둠이 만든 할머니의 형상은 이불 위에도, 부엌으로 통
하는 작은 문 뒤에도, 내 옆에도 있었다

그게 되면 돈을 받을 텐데. 할머니의, 입이 돌아간 말들
을 주워 벽에 던져 버렸어요. 할머니는 장애인이 아니에요

그날 밤, 별이 되어 떠오른
조각난 말들
할머니, 기억은 미쳤어요. 매일 다른 옷을 선물해요

비가 왔다. 동생은 내일 헤어질 남자 친구의 졸업식에
가야 했고, 나는 이제 정말 시골에 간다

오촌 아저씨의 차 안에는

새 옷으로 갈아입은 할머니의 기억

그날은 소처럼 우는 소, 닭처럼 푸드덕거리는 닭이 있었고

이젠 정말 찾을 수 없는 먼 곳에 있었다

밀폐용기 속의 아이들

내가 가장 오래 상상한 것은 그 애의 메마른 등

목말라. 점심으로 먹은 몇 개의 과자처럼 그 애가 봉지에 담겨 부스럭거릴 때 나는 온몸이 가려웠다. 목말라. 누구는 밤이면 떨어지는 물소리를 듣는다고 했어. 꿈속에선 그 애를 닮은 별들이 자주 노린내 나는 내장을 흘렸고. 오래 누운 흉터처럼 눅눅해진 자국들이 잦아들 때, 생각지도 못한 아침이 왔다
　그 애의 손톱 밑에 남은 과자 부스러기처럼

내가 가장 오래 혼동한 것은 뒤룩뒤룩 찡그린 그의 뒤꿈치

너희는 가만히 있지를 못하는구나. 그는 자주 히스테리를 부렸고 나는 온몸이 가려웠다. 웃어? 내 말이 말 같지 않아? 그는 말처럼 발을 굴렀다. 누구는 그곳에서 학대받는 가축의 분뇨 냄새를 맡는다고 했어. 뉴스에선 주기적으로 우리의 시력을 확인했다. 모자이크 뒤에 숨은 얼룩이 작년의 그 애인지 새로운 그 애인지 그도 아니라면 혹시 아주 오래전 그는 아닐지

기억과 망각의 주기 혹은 학습과 각성의 그래프처럼

말발굽 소리만 바꿔 든 얼룩들은 해마다 반복해서 안방을 찾아왔다

그러나 내가 가장 오래 익숙한 것은 누군가의 비극에 전염되는 일

불쌍해. 나는 밀폐용기처럼 그 애들을 가두었을 학습된 무기력을 공상했고. 사기야! 그가 그 애의 식판 위에 무엇을 놓았고, 무엇을 빼앗았을지, 그 애와 나 사이에 존재했을 공백들을 노려봤다. 그 애들이 뭘 알아. 누군가는 그곳에서 잘 다져진 우월감을 소화하듯, 그 애들은 우리를 반가워해. 머릿속에 미리 그려 놓은 완벽한 설계들을 팽창시켰고. 나에게도 그들은 우리보다 착하고 우리와는 다른 명암의 옷을 입은 소외된 아이들

그 애들도 모르는 실밥 풀린 상처를 세탁한 옷 속에서 찾아낼 때

나 역시도 위안의 거짓말로 만족의 회전수를 늘려 가는, 이해할 수 없는 환상적 불행의 도취자였다

하지만 내가 가장 오래 의심한 것은 그 애의 세계와 나의 세계 사이에 있는, 흡수되지 않는 관계의 틈

그 애들은 이제 모두 더 좋은 시설로 옮겨졌어. 내가 아는 슬픔 속에 그 애들의 질량이 모두 사라져 버렸을 때, 그 애들은 이제 더 이상 차별받지 않아. 누군가 작성을 끝낸 계약서를 내어놓듯 반듯하게 말했을 때

나는 의심으로 온몸이 가려웠다

왜 미리 말하지 않았죠? 공공시설에서 누군가 공적인 얼굴로 그 애들의 출현을 미리 허락받길 원했을 때 나는 온몸이 가려웠다. 걔들이 뭘 몰라, 걔들도 다 알아. 나는 때때로 피부의 안쪽에서 그 애들을 무더기로 목격하기도 했고. 걔들은 걔들이 되고. 누구는 아직도 그 애들이 가끔씩 쇠사슬에 묶이고 수용되기도 한다고 했어

과자라는 말을 들어도 더 이상 달콤하지 않을 때, 나는

밀폐용기에 담긴 아이들이 아직도 존재하는 건 아닌지, 가
장 오래된 의심을 했다

우리 집에 놀러 오세요

1

남자의 엄마는 남자가 경찰공무원이 되길 바랐지

그는 매일 밤

물먹은 초록 카펫의 눅진눅진함을 느끼며, 예민한 뒤꿈
치로

형법, 형사소송법, 경찰학개론이 되어 갔지

여자는 이제 곧 남들처럼 살게 되길 바랐지

석류, 펫다운

건강 보조 식품을 먹었고, 하루는 값비싼 올인원을 입
었지

그런데 그건 너무 꼭 끼었지

남자의 방 한가운데에는 큰 기둥이 있지

그는 방 값을 할인받을 수 있었는데

기둥 안에서 자꾸만 여자가 사는 것 같아

하루는 여자의 방에서 화장품 하나를 훔쳐 나왔지

그러고는 기둥에 적었지. 화이트닝 크림이라고

여자의 방 한구석에는 창문이 있지
여자는 그것을 몰래 뚫었는데
날마다 여자의 창문은 커졌고
방을 비우는 날이 많아졌지
물건들은 이름도 남기지 않고 사라져 갔지

2
하루는
헌법 몇 조 몇 항을 씹어 삼키던 남자가
점점 환해지는 자신의 예민한 뒤꿈치를 느끼고는
벌컥! 화가 나 여자의 방문을 열었지
이 나쁜 년
여기서 누구든 그렇게 큰 창문을 가지는 건 불법이란 말
이야

여자는 이미 고시원 벽의 한 면을 다 뚫고
자신의 가슴조차 모두 오려 낸 뒤였는데

처음 본 날

우리가 서로에게 서로를 소개했다면

너덜너덜해진 옷소매로 소매 마진을 계산하던 여자는
실실거렸지

여기서 누구든 그렇게 큰 희망을 가지는 건 불법이란 말
이지

3
피식
그 남자와 그 여자의 고시원은, 어제
불타 버렸지

우리 집에 놀러 오세요

시골 방문기 2

*

비가 올 것 같았다

할머니는 빗자루로 내가 밖에서 감고 온 비린내 나는 바람을 털어 냈다

할머니, 커다란 손으로 내 발에 남겨진 샌들 자국을 만질 때

얇아진 장판 위로, 투두둑. 그날 오후가 낯선 은빛으로 쏟아져 내렸다

식사 때마다 입맛이 없다며 눅눅한 장판 위를 구르던 할머니. 떨어진 은빛을 듬성듬성 꿰어 입고 갈치가 되었다

홀수처럼 벗겨진 등으로 말없이 프라이팬 위에 올랐다

조심조심 등을 굽자, 밤이 되었다

강약 조절이 되지 않는 전기장판에 누울 때면 모락모락. 할머니와 나 사이에서는 비린내가 피어올랐다

*

비가 올 것 같았다

할머니는 짚 더미 같은 손으로 내가 감고 온 거친 바람을 쓸어내렸다

투두둑. 신고 있던 스타킹 위로 몇 줄기 굵은 눈물이 흘러내렸다

곡식을 다 털린 표정으로 올 풀린 스타킹을 바라보던 할머니. 내 손이 더러워서. 눈물을 뒤집어쓰고 아기처럼 울었다

단 게 먹고 싶구나. 아기가 된 할머니. 내 등에 올라타 목을 졸랐다

나는 할머니와 마주앉은 밥상이 되었다. 내가 더러워 너는 못 먹지? 할머니, 씹다가 삼킬 수 없는 말들은 내 등 위에 모두 뱉어 버렸다

　상다리 아래로 굵은 눈물이 흘러내렸다

　할머니와 밥을 먹을 때면, 나는 칠이 벗겨진 우리의 등과 등 사이를 여러 번 닦아 내야 했다

*

비가 올 것 같았다

　할머니는 접히지 않는 다리를 끌고, 내가 가진 바람을 마중 나왔다

　제멋대로 문을 여는 바람을 눈이 부신 듯 바라보던 할머니. 투두둑, 문지방은 계속 높아졌고

　투두둑, 방 안을 굴러다니는 투명한 약봉지들과 할머니.

당뇨와 관절과 혈압이 지겨워 오늘은 내가 가져온 바람을 벗겨 눈을 막았다. 하지만 투두둑, 눈을 막아도 밤이면 눈물은 홀수처럼 흘러내렸다

*

양탄자는 없어요. 하지만 할머니와 날고 싶어요. 밤이면 두 다리를 접고 낡은 전기장판에 오르는 할머니. 낮에 모아 둔 눈부신 바람으로 움직이지 않는 두 다리를 떼어 내고, 허리 아래로 날아다니는 장판을 매달아요. 나는 할머니 등에 올라타요. 투두둑, 차가워진 전기장판이 밤하늘을 가져오면, 비늘이 벗겨진 등으로 비린내를 풍기며 이리저리 날아오르는 할머니. 여기저기 구경 다니자. 멀리서 별들이 찌그러진 약 냄새를 풍기며 달콤하게 반짝여요. 투두둑, 할머니의 눈물을 태워 만든 연료로 장판이 뜨겁게 날아올라요. 왜 별들은 발밑으로 흐르지 않는 걸까. 할머니는 쉬지 않고 입술을 움직여요. 네가 있어서 이만큼 좋구나. 할머니가 손을 올려 만든 동그라미 속으로 다리가 떨어진 별들이 쉬지 않고 쏟아져 내려요

*

투두둑

이제 정말 비가 올 것 같았다

하늘 가득 벗겨지지 않는 갈치 비늘이 홀수처럼 떨어져
내리고 있었다

실업의 조건
— 경비 아저씨 이야기

첫 번째 이야기

경비 아저씨는 주차장 컨테이너 박스에 살아. 선물 들어온 화분을 치우지 않았다고 아들 같은 가구 공장 사장에게 혼쭐이 날 땐 출근과 같은 퇴근을. 네 할머니가 생계를 책임지는 동안 죽은 나의 아버지는 입으로 생리를 하며 여자가 되어 갔지. 나도 여자가 되려나 보다. 아빠, 여기에선 철갑상어의 옷을 입은 모기가 영하 6도에서도 피를 빠는군요. 겨울에 빨리니 더 기분 나빠요. 지구온난화를 기다리던 아저씨는 첫째 딸이 잘 지내고 있는지 종종 확인했다지

두 번째 이야기

경비 아저씨는 발이 땅에 닿는 오토바이 위에 살아. 어제 만난 동료가 극적인 총기 분실로 눈물을 쏙 뺄 때에는, 아저씨가 먼저 총알과도 같은 변명과 퇴근을. 젊어서는 두 개의 바퀴만으로도 세상을 구르기에 충분했다만 나이 들고 커지는 건 두 개의 가슴뿐이구나. 나도 여자가 되려나 보다. 아빠, 여기에선 가는 빗줄기조차 동공을 때리며 시력을 흐리는군요. 지붕보다 못한 아버지라니, 더 슬퍼요. 세계 평화가 꿈인 아저씨는 자신의 둘째 딸이 같은 꿈을 꾸는지

항상 확인했다지

세 번째 이야기

경비 아저씨는 왼손 네 번째 손가락 위에 살아. 20년 할부의 근근한 결혼 생활이 끝나려 할 때까지, 한 사람을 위해 출근도 없는 퇴근을. 너는 엄마를 염탐하기 가장 적당한 거리에 있다. 너를 닮아 가며 이제 나도 여자가 되려나 보다. 하지만 아빠, 저는 없어요. 15년 전 엄마는 빤히 보이는 거짓말을 했던 거겠죠. 해답도 없는 수수께끼에서 내 이름을 들키다니 속이 상해요. 탐정 놀이를 즐기던 아저씨는 아직도 막내딸을 찾아낼 수 있는지 확인하고 확인했다지

세 가지 이야기

하지만 경비 아저씨의 딸들은 오래전 도깨비 집에서 달아났다지. 출근보다 빠른 퇴근을 마칠 때에는 아저씨에게도 각각의 변명을 늘어놓을 999개의 방이 필요했고. 집구석에 온통 여자들뿐이니 마음을 놓을 수가 있나. 아빠, 우리는 더 큰 집을 가질 거예요. 그곳에서 우리는 결코 마주치지 않아요. 매일같이 하나의 심장으로만 뒹굴던 딸들은

도깨비가 되어 사라졌다지. 소원을 들어주는 방망이로 집을 부수고

어제는 시끄러운 손가락 하나 들키지 않았다지

나머지 이야기

경비 아저씨는 아직 발이 땅에 닿는 오토바이 위에 살아. 언젠가 아내와 딸들 모두를 싣고 안전하게 출근하고 퇴근하기 위해서지

스트레칭

고무처럼 쭉쭉 늘어난 몸으로 통통 튀겨 놀러 나가려고 하는데, 얘야 얘야 어디를 가니? 엄마는 아직도 다 유연해지지 못한 몸으로 나를 따라 놀러 나오려 해요. 엄마는 공설 운동장에 가서 허리 돌리기나 마저 하세요. 나는 돌잔치도 끝내지 못한 아기처럼 뽀얀 발가락을 입으로 가져가 쪽쪽 빨아 대요. 에잇, 오늘도 놀러 나가긴 다 글렀어요

풀려난 털실처럼 구불구불해진 몸으로 슬금슬금 기어나가려고 하는데, 머리 꼴이 그게 뭐니? 아빠는 뭐가 못마땅한지 나를 데려다 주겠다고 해요. 아빠는 집에 가서 남은 할머니나 더 원망하세요. 나는 아빠로부터 성의 없이 유전되어 온 곱슬머리를 스트레이트 약으로 쫙쫙 펴 버렸어요. 이제 누굴 만나러 가긴 다 글렀어요

나도 그 여자처럼 세로로만 길어지고 싶은데, 오늘은 뭐 먹을래? 굶어 죽은 귀신이라도 붙었는지 오빠는 만나기만 하면 맛있는 걸 사 주겠다고 해요. 구부러진 허리로 굽실굽실, 접혀진 여자들의 옆구리나 뜯어먹고 사는 주제에. 나는 머릿속에 오늘 먹은 칼로리를 계산해 스트레칭 횟수로

환산하며, 너는 그걸 아니까 나를 만날 때마다 이렇게 못되게 구는 거지? 집에서 척추 교정이나 하며, 다시 누굴 사랑하긴 다 글렀어요

백 년 동안 차를 탄 사람의 무거워진 눈꺼풀로 지하철 환승로를 걷고 있는데, 천 원 천 원. 이슬람 상인이 짧아진 혀를 들고 나를 따라 와요. 이슬람 공주 대신 달려 온 한국 철도공사 역무원이 짧아진 혀로 천 원짜리 물건처럼 당신을 짓밟는데, 당신은 나를 봐요. 차라리 집에 가서 스트레칭이나 하지 그래요. 가방처럼 납작 접혀 보기라도 하게. 공주처럼 우아하게 혀를 굴리지 못할 바에야, 나도 집에 가서 짧아진 몸이나 접고 있겠어요. 이젠 밖에서도 몸을 쫙 펴긴 다 글렀어요

발라 낸 우산살 같은, 다 먹은 핫바 꼬챙이를 들고 섰는데, 아이고 아이고. 아줌마는 가벼운 농담이나 주고받듯 남자에게 리어카를 빼앗기며 울고 섰어요. 우린 모두 유연해질 필요가 있어요. 남자가 아줌마의 목에 우산을 걸 때, 사정없이 나뒹굴 수 있는 건 거스름돈밖에 없잖아요. 이젠

비가 온데도 어떻게 빳빳한 우산을 가지고 다닐 수 있겠어요. 더 이상 돌아다니기는 글렀어요

　애야 애야, 어디 가니 엄마가 말해요. 그 꼴을 해 가지고 아빠가 말해요. 맛있는 거 사다 줄게 오빠가 말해요. 천 원 천 원 이슬람 상인이 말해요. 아이고 아이고 핫바 아줌마가 말해요. 더 이상 구겨지기 전에 집에 가서 스트레칭이나 해야겠어요

각도기

출연은 그들(할머니, 엄마, 첫째, 둘째, 셋째)과 오빠, 텔레비전 속 아빠

연출과 극본과 각색과 제작에 할머니

우리는 모두 15도씩 기울어져 있었어요. 일일드라마 속 가족들처럼 서로를 향해 의심 없이. 할머니가 아빠를 향해 'ㄱ' 자로 구부러지던 날, 우리는 알았어요. 우리의 각도는 남김없이 진부하고 구식이라는 걸. 엄마는 'ㄴ' 하고 웃었어요

집. 텔레비전 앞

좀 더 참신해져 봐(8시 30분 반복되는 아빠에 맞춰 할머니는 일일 가족 드라마에 손녀들을 넣고 극적 화해를 조율해요) 오전에는 불륜 오후에는 출생의 비밀 제발 아빠를 보면 좀 웃을 수 없니(주말에는 서로의 뺨을 때리고 이유 없이 서로에게 끌어다 안기며) 이건 말이 되지 않잖아요!(소리치는 자매들을 방에 가두고) 너희는 언제나 너무 꼿꼿하구나!(목소리를 낮추며 킥킥 웃는 자매들, 자매들의 얼굴에 이불을 뒤집어씌우고) 네 아빠가 나오는 장면에선

조용히 해라(할머니는 너무 많이 구부러진 허리로 아장아
장 아빠를 향해 걸어가요)

할머니는 일일 드라마의 잘 길들여진 시청자. 80년 동안
나빠질 대로 나빠진 귀를 위해 아빠를 키워요. 짧아진 허
를 어루만지며 자매들도 텔레비전 앞에서 리모컨으로 소리
를 키워요

집. 텔레비전 앞
우리는 모두 텔레비전 앞에 90도씩 기울어져 있었어요.
주인공의 것을 모두 빼앗던 오빠가 돈다발을 들고 나타날
때까지. 도대체 언제부터 오빠가 집의 중심이었나요? 오빠
는 잃었던 도덕성을 모두 회복한 뒤 허리를 꼿꼿이 펴고
누구보다 더 크게 웃었어요

이건 첫째 손녀 이건 둘째(돈다발을 세는 할머니) 하지
만 우리는 돈으로도 아무것도 가질 수 없잖아요!(소리치는
둘째) 이건 셋째(돈다발을 세는 할머니) 돈으로 행복할 수
있다는 환상은 살 수 있지(그럴듯한 결혼을 한 막내) 이건

아들 며느리(돈다발을 세는 할머니)

할머니는 매시간 채널을 돌리며 오빠가 주인공인 드라마에 몰두해요. 오빠가 떠나자 불만에 찬 시청자 할머니는 연출자로 나섰어요. 새 드라마에선 억지를 쓰며, 아빠가 있는 행복한 결말로 자매들을 몰아세우고. 대본대로 움직이지 않는 자매들, 할머니는 자매들을 불평하며 날마다 새로운 성격의 인물들을 쏟아 내요

드라마의 결말처럼 진부해지지 못하는 식구들은 구식이라, 자신의 팔십 평생이나 구박하죠. 하지만 할머니, 우리는 모두 떠나야 해요. 자매들은 텔레비전을 꺼요

집. 텔레비전 앞
재방송을 거듭하던 우리들의 마지막 회. 할머니는 여전히 아빠 앞에 기울어져 있었어요

네 아빠는 모르게 해라(혼자 남은 할머니는 숨을 죽이며) 너희는 지금 너무 꼿꼿하구나!(상실감에 찬 얼굴로, 오래전 결말이 난 드라마를 반복해요) 자신을 버린 부모를

용서하지 않는다면 나쁜 거란다(주인공을 훈계하며) 하지만 할머니, 누구나 빤한 결말을 가질 순 없어요(소리치는 자매들) 버리지도 않은 네 아빠가 텔레비전 속에서 나를 원망하는구나. 내 인생은 뭐란 말이니! 억울해 억울해 도대체 자식이 뭐란 말이니(할머니는 고작 아빠를 향해 15도 기울어져 있었어요)

오늘도 마지막 회만 거듭하는 우리들의 8시 30분

다시 올게요 할머니. 하지만 우리가 온다는 건 아빠에겐 비밀로 해 주세요("딸들은 'ㅏ' 하고 웃으며"로 대본을 수정하는 할머니)

우리의 눈금은 모두 지워져 있었어요

셋의 풍경
— 토요일

오늘 우리 반 아이들 셋이 죽었어요.* 가위바위보. 아이
들은 순서를 매기고. 사자는 동그라미 속에 있어요. 들리는
모든 것은 동그라미. 아이들은 겹겹이 접혀진 책장 속에 손
가락을 넣어 보고. 글씨의 굴곡 밑에는 어떤 색이, 어떤 촉
감이, 어떤 은밀함이 숨어 있는 걸까요? 쓰다듬어 본다

선생님에게 이름을 알려 주세요. 부모님은 어디 계시니?
토요일. 기꺼이 변형을 참아 내는 아이들. 선생님에게 들
려주세요. 복지관 수업이 끝나면 왜 점심은 먹지 않니? 저
요 저요 저요. 들리는 모든 것은 동그라미. 아이들은 사소
한 물음에 손을 늘이고. 서로의 꿈을 헤집어 본다. 모르는
것들을, 그저 모르는 것으로 남겨 두려는 모든 의뭉스러운
아이들. 쓰다듬어 본다

벌려 냄새를 맡아 본다. 너무 작은 세계. 문장의 화음이
맞질 않아요. 충분히 감춰진 세계. 부모님은 어디에 계시
니? 종이 위에서 나는 조금 아프고 부끄러워요. 저는 오늘
아침도 점심도 저녁도 먹지 않아요. 가위바위보. 아이가 순서
를 매겨 웃는다. 너무도 깊고 무심한 놀이의 세계. 들리는

모든 것은 동그라미. 우리가 만든 문장은 '폭압적'인가요?
문장은 잊히고. 쓰다듬어 본다

　지우개를 빌려 서로의 몸 구석구석에 남은 손끝을 문질
러 지우는 아이들. 너의 자국. 셋의 풍경

* 오정희, 『새』.

다이빙

1

기다렸다는 듯 그녀를 때린 것은 오전이 싫다던 오후반
아이들
그녀의 벌어진 두 다리 사이로
오전 내내 비가 내렸다

우리가 짓이긴 입술 틈으로
그녀의 벌어진 어깨, 벌어진 이
멀어진 눈과 눈 사이로

퍼올려지는 한 바가지의 슬픔

2

예민해서 애자의 침 냄새가 싫다던 건 방과 후를 지겨워
하던 특기 적성반 컴퓨터부 아이들
애자, 장애자, 줄여서 애자

우리가 놀리던 애자가, 바다에 가지 않을래? 짧은 손을
뻗자

그날 오후가 모두 컴퓨터 자판 위로 부서져 내렸다

ㄱ, ㄴ, ㄷ, ㄹ

바다에 가지 않을래?

애자의 머리 위로 변기 물이 흘러내렸다

애자를 닮아 발이 짧은 수중 식물들은 모두 울고 있었다

3

어른이 되어 그녀를 떠올린 것은 하루 종일 병든 눈을 깜빡거린다는 모니터

비 소리가 싫어! 모니터는 병적으로 화장실 물을 내렸지만

우리가 놀리던 애자의 눈물이 머리카락으로 흘러 계속 목을 졸랐다

헐렁한 티를 몇 장 더 사야겠어

모니터와 나는 젖은 옷을 모두 정리해 옷걸이에 걸었다

첫 번째 너, 두 번째 너, 세 번째 너

ㄱ ㄴ ㅊ ㄴ ㅇ

높은 굽을 신은 것처럼 긴 손톱 위에 오른 네가 멀리서
자판을 건드렸다

우리가 정말 싫어했던 건
아무리 괴롭혀도 좁아지지 않던 너의 미소
그렇게 웃지 마. 우린 너와 그렇게 친하지 않아!
바다에 가지 않을래?
네가 내민 긴 손톱에 가장 가까운 피부부터 벗겨져 나
갔다
컴퓨터 스킨이 다이빙을 했다

얇아진 죄책감을 입고 우리는 모두 고통을 즐기러 바다
에 뛰어들었다

바다에 가지 않을래?

한 번도 정확히 들은 적 없던 너의 발음들과 따뜻한 목

소리가 계속 흘렀다

축축해진 장판을 들자 네가 웃고 있었다

입맞춤 — 오른쪽
— 퍼레이드

우리는 측면에 선 모든 것
네 꿈을 세 번만 들려줄래?

한 번
끊임없이 찾아오는 두려움을 습관처럼 망각하며
애인은 살고 있었다

— 우리의 퍼레이드는 2시에 시작해 3시에 끝납니다. 회전목마 옆 동선을 따라 비밀의 화원을 지나. 정문에서 시작해 코끼리가 있는 유러피안 광장까지. 순서대로. 퍼레이드는 언제나 2시에 시작해 3시에 끝납니다

날마다 반복되는
Ever, Magic, Dream
나는 습관처럼 애인이 지나는 퍼레이드 행렬에 입을 맞췄지

두 번

애인은 금 휘장을 단 러시아인 백조의 왕자. 퍼레이드
카 위에 오르지. 나는 빨간 앞치마를 두른 키 작은 점원.
상반신만 내놓은 친절한 가판 안에서 변함없이 계산기를
두드리고. 정확한 거스름돈을 내놓으며 살고 있었다

애인이 두려워하는 건 너무 쉽게 정답을 말하는 나의
입술

— 나의 백조 왕자님은 가장 싼 치킨버거 하나를 엄지
공주와 나눠 먹고, 재활용한 음료컵에 댔던 낡은 입술로
내 입술을 찾아오지. 하지만 입술들은 부딪침이 벌어지기
전에 비켜서고. 너는 꿈을 잃어버리는 게 어떤 건지 아니?
끊임없이 찾아오는 두근거림을 순서대로 망각하며. 나는
너의 떨어진 입술을 손가락으로 두드리지

Magic, Ever, Dream
퍼레이드 음악은 우리의 입을 물어뜯고 사라졌지

날마다 쌓여 가는 입맞춤의 환부처럼

세 번
압력을 느끼는 오후
퍼레이드는 지연되고 있었다

─ 네 꿈을 말해 봐. 애인의 등뼈를 세 번 만졌다. 내가
들어 줄게. 애인은 바이킹에 올라 원숭이처럼 킥킥댔지. 태
국에서 날아온 코끼리처럼 광장에서 멈추지 않는 오줌을
누고. 하얀 등 위에 손님들을 태우고는 내 꿈속으로 달아
났지. 오래된 입맞춤을. 애인은 꿈처럼 말했지. 지저분한 광
장 모서리는 하얀 벽면의 박물관이 되고. 우리는 하나의
돌덩이가 갈라진 두 개의 조각처럼. 꼭 맞는 서로에게 입을
맞췄지

고향으로 가는 꿈이 오줌발에 씻겨 내려갈 때까지. 관람
차가 떨어져 내릴 때까지
Dream, Ever, Magic

안녕

퍼레이드가 끝나면 우리는 측면에 선 모든 것

기대감은 줄 밖으로 비켜서고

네 꿈을 세 번만 말해 줄래?

── 세 번의 입맞춤을. 뒤통수에 깃털을 꽂은 애인이 휴일처럼 속삭였지. 손바닥을 별처럼 흔들던 여자 뒤에서. 우리는 한여름의 퍼레이드처럼. 이마는 감추고 옆구리는 드러낸, 달콤하지만 발바닥과 겨드랑이가 흠뻑 젖는 입맞춤을. 두근거림이 정해 놓은 순서대로

끊임없이 찾아오는 오늘을 습관처럼 망각하며

Dream, Magic, Ever

퍼레이드가 시작되고 있었다

구두코

처음 보는 파란 숲 속에서 내가 신은 높은 구두,
굽이 부러졌어요

돌 위에 앉아 내가 아는 모든 사람들과 이별을 해요. 나
를 알아보지 못한 채, 나를 밟고 지나가는 사람들. 구두코
에 비춰 봐요

당신은 나를 좋아할지도 몰라요

하루는 돼지 국밥에 빠진 아빠가 멀리 시장에서 근사한
외식 중이라고 전화를 하고. 하루가 다르게 삐뚤어져, 이제
는 뺨 밖으로 떨어져 나갈 것 같은 입으로도 할머니는 아
직 전화를 해요

늘 같은 말만 하는 당신의 투명한 속살들과 이별을 해
요. 제 몸보다 흐린 고양이의 점박이 무늬를 훔쳐 달아나
듯, 튼 살로 붙어 있던 여윈 귓등은 밀어내고

나는 심각하게 굴면 당신이 날 싫어할까 봐 짐짓 농담으

로 당신이 나를 더 싫어하게 만들어요

처음 보는 파란 숲 속에서 나는 녹슨 안개처럼 우울해져요

하지만 당신은 나를 좋아할지도 몰라요

슬픔을 너무 우려먹어 뱃가죽이 얇아졌다는 아이
배고픔을 지우면 기뻐지나요?
우리의 사랑은 어디선가 근사한 외식 중이라고

어느 날 아름다운 제목의 책들을 만나고
그 이름들을 갖고 싶은 것처럼
책장 아래에 훔쳐 낸 받침의 기억을 받치고 있는 것처럼

나는 도시에는 없는 아이들의 얼굴을 떠올려 봐요

당신은 나를 좋아할지도 몰라요

언젠가 지하철에서 마구 겹쳐 팔리던

마르고 불행한 남자들 속에서
배가 부르고 여윈 눈을 지닌 여자들 속에서,
흘러간 노래들처럼 촌스럽게 당신이 그리워질까 봐

부러진 구두 굽을 떠올려 봐요

구두코에 비춰 봐요

당신은 나를 좋아할지도 몰라요

3부

은폐에 대하여

손 2

　너의 투박하고 두꺼운 손은 참으로 친절합니다 반짝이는 도시 어딘가에 너의 손들이 장식되어 있습니다 환하게 불행을 드러내고 아무것도 아닌 듯 커튼을 드리운 사람들 사이에서, 나의 손자국이 켜켜이 쌓인 너의 몸이 차례차례 들어앉아 있는 밤 죄송해요 내려야 할 정류장이 오기도 전에 잘못해서 벨을 누른 사람처럼 나의 손은 부끄럽고 너의 손은 또 어디로 향해야 할까요 우리는 매일같이 주인이 바뀌는 방에서 빌리듯이 서로의 마음을 공손하게 탐하고 서로의 몸속을 채운 통통하고 마른 손을 지워 가며 잘못했어요 두 손을 모아 진심으로, 이 방을 처음 만든 사람은 누구인가요? 불 켜진 도시의 밤 손자국이 쌓인 벽을 더듬어 또 너의 손을 잡습니다

목욕탕
— 은폐에 대하여*

블라우스 단추를 풀자 질병으로 가득 찬 할머니들의 이야기가 등 뒤로 풀어져 나왔다

나는 뜨거워진 목욕탕 안에서 흘린 마음을 숨기며, 할머니들의 수술 자국 가득한 가슴을 애인의 등처럼 밀고

욕조 속에 몸을 담그면 모르던 할머니들 반갑게 나를 찾아와 등을 보였다

목욕탕에서 한 번쯤 나를 독점했던 할머니는 왼쪽 가슴이 없었고 한 번 이상 나를 좋아했던 할머니는 똥 묻은 팬티를 벗어 와 빨았다. 딱 한 번 나를 그리워했다는 할머니, 얼굴 대신 디스크 수술 자국을 내밀었다. 내 손이 스칠 때마다 다정한 연인처럼 파르르 부은 허리를 떨었다

나는 노란색 수건을 끼고 할머니의 출렁이는 아랫배 속에 나를 밀어 넣었다. 서로의 질긴 뼈들을 일일이 세어 보며. 할머니가 너무 많다고 24시간 뜨거운 김을 뿜어내는 커다란 욕조의 흐린 등 뒤에서. 할머니들은 모두 지나간 연애처럼 살이 쪘거나 말라 있었다

감사합니다. 물컹해진 발음으로. 가슴과 허리와 무릎이 있던 자리에 수술 자국만 남은 할머니들, 물장난을 멈추고 얌전한 화분이 되어 목욕탕을 나선다. 내가 아는 할머니, 모르는 할머니가 되어

식사량을 조절해야 하는 남은 삶처럼 간소해진다. 우리는 좋아하는 것들을 마음껏 좋아할 수 없어요. 너무 익은 복숭아처럼 까맣게 늘어진 엉덩이를 감추고

너를, 모두 잊었다고 말한다

* 우리의 가엾고 친숙한 몸에 대하여. 금요일 오후 1시, '24시 진주 사우나'에서 만난 수정구 노인 복지관 할머니들에게.

생방송
— 은폐에 대하여*

난 당신들이 원하는 곳에서 울고 웃는 사람이 아니야!
여배우가 고릴라처럼 분노하며 화면에서 뛰쳐나오자 남겨
진 벤치가 펄럭였다. 이해라는 걸 모르던 상황은 언제나처
럼 굵은 입을 벌려 그녀의 분노를 진하게 환영했고 감독
은 거칠게 서로의 관계를 해명했지만, **대상에 대한 호기심이
나 순수한 호칭**은 이미 잃어버린 뒤였다. 카메라는 이 모든
게 작위적인 것임을 실시간 시청자들에게 번역했다. 가슴
에 바람이 든 대본이 흩날렸다. 마치 우리 때문에 화가 난
사람 같군. 리포터의 칭찬에 생방송은 흥분했고. 어떻게 하
면 여학생들의 죽음을 가장 잘 은폐할 수 있을까? 녹화된 테
이프 속에서는 죽은 여학생들과 여학생이 되기도 전에 죽
어 가는 여학생들, 무언가 못마땅한 근육질의 표정으로 손
을 흔들었다. 죽은 듯이 여학생으로 지내던 여학생들 엑스
트라로 등장하고. 여배우는 다시 누군가가 원하는 곳에서
울고 웃기 위해 여배우처럼 나타났다

* 등굣길에 학교 공사 트럭에 압사당한 성남여고 학생들을 애도하며.

104

핸드백

— 은폐에 대하여

1

나는 한 손에 핸드백을 들고 횡단보도를 건너고 있었다. 두 다리를 숨기고 길 위에 엎드린 남자. 허리 아래 타이어를 끼고 내 뒤를 쫓아왔다. 한 푼 줍쇼

나는 옆구리에 핸드백을 끼고 버스 정류장에 앉아 있었다. 키다리 아저씨의 천으로 만든 잘린 두 다리, 숨긴 무릎을 꿇고 내 앞에서 구걸을 했다

나는 속옷을 드러내는 기분으로 천천히 핸드백을 열었다. 서로에게 용서를 구하는 동성의 땀방울들, 발가락을 닮은 손가락 사이를 채우고. 그는 핸드백 속으로 잘려진 나를 엿보았다

내가 동전을 던지자 그는 변명처럼 잘린 두 다리를 놓고 유유히 사라졌다. 나는 그가 버린 다리를 넣고 천천히 핸드백을 닫았다

2

나는 너를 놓친 정류장에 있었다. 언젠가 너의 옷자락에

서 떨어져 나간 나의 손들이 짧은 발을 구르고 있었고. 그
만하자. 두 번 다시 잡지 않았던

　나는 비가 내리는 정류장을 상상하고 있었다. 아름다운
선형의 빗방울들, 잘린 손처럼 반갑게 떨어져 내리고. 너와
헤어지며, 양손을 놓고 걷는다는 건 얼마나 설레는 일인가요.
나는 오래된 레티큘*의 언어로, 비즈를 엮어 만든 몸으로
말하고는

　변명처럼 두 팔을 자른 채, 녹슬어 가는 양손의 흔적을
가만 들어 보았었지. 천천히 핸드백을 열었다

　3
　언젠가 내가 놓친 손들, 핸드백 속에 매달려 있었고. 당
신이 버린 발들, 지갑 속에 끼워져 있었다. 버려진 발들을
꺼내어 길게 묶고 성큼 자란 이별을 쫓았다. 언젠가 네가
버린 목소리, 말한다. 그만둬! 화장품 케이스에 담긴 너의
모든 것들, 나와 바꿔 끼웠다

한 푼 줍쇼. 내가 버린 나를 숨기고, 천천히 핸드백**을 닫았다

* 1980년대에 디자인된 레티큘 핸드백.
** 사람의 사적인 감정을 공적으로 드러내기 가장 좋은 공간.

보사
— 은폐에 대하여

모자를 덮고 누웠다. 모자 밖으로 '삐죽' 튀어나온 외로운 두 발을 할머니가 양손으로 감싸 쥐었다. 우리 아가, 발이 차서 어쩌누. 할머니를 모자 속에 밀어 넣고 모자를 뒤집어 몸을 담그면, 모자 속에서 아빠는 비틀비틀 숙련된 술꾼처럼 팔다리를 움직였고 습기 찬 할머니에게 욕을 했다

뒤집힌 모자를 덮고 누웠다. 모자 밖으로 '삐죽' 튀어나온 외로운 두 손을 할머니가 양손으로 감싸 쥐었다. 우리 아가, 손이 차서 어쩌누. 할머니를 모자 밖으로 밀어내고 모자를 뒤집어 몸을 숨기면, 모자 밖에서 아빠는 까맣게 부은 발등을 신발 속에 끼워 넣느라 애를 먹었고 할머니를 밀쳤다.

어느 날 터진 모자 밖으로 '삐죽' 튀어나온 내 몸을 발견하고는 할머니, 양손으로 감싸 쥐었다. 우리 아가. 마비된 기억 하나가 머리를 뚫고 지나갔다. 사랑하는 할머니는 장애 판정을 받은 뒤에도 양말은 꼭 신은 채 나를 찾아왔고 구겨진 손으로는 모자 속을 꿰맸다. 나는 더러워진 모자 아래 누워 있었다. 자주 할머니를 먼지 쌓인 모자 속에 숨

겨 놓았고 모두 잊었다고 말했다. 나에게는 할머니를 때리는 아빠가 있어요. 모자 속에서 갑자기 튀어나온 할머니는 멍든 무릎을 내밀었고. 아니야, 그건 모자에 남아 있던 얼룩이야. 나는 모자를 썼다

자꾸만 모자 밖으로 튀어나와 모자 속으로 나를 끌어당기는 할머니. 저리 가요. 할머니를 발로 차서 던져 넣고 나는 모자를 뒤집었다. 모두 잊었다고 말했다

몰래 모자를 뒤집었다

모자를 뒤집었다

광화문 광장의 서커스
— 은폐에 대하여

두드리는 광경에 대하여
말을 탄 남자와 혁명에 대하여
초당 36프레임으로 운동하는 물고기 비늘에 대하여

나는 말하려 한다

조련사의 뒷모습과 아무도 돌보지 않았음에도 거짓말처럼 아무는 상처
문장처럼 피로한 여인의, 서 있는 고양이와 푸른 원피스
고무찰흙과 물감을 짓이겨 만든, 지우개와 서커스의 단원들에 대하여

나와 다른 신분의 토끼에 대하여

소녀처럼 동그란 귀걸이를 걸고 말하려 한다

케이프칼라의 망토를 입은 여인들과
그들이 사귀는 목이 짧은 남자들의 사계절
치마 속으로 다리를 벌리고 앉은 반신상의 남자와 수염

자국이 남은 오른쪽 끝의 여자에 대해서만

　오케스트라에 다녀온 마타도르의 복장과 광대들의 피로
한 천막
　화려하고 유연하게 헐떡거리는
　슬픈 얼굴들과 들릴 것 같은 광장에 대해서는

　나는 은폐하려 한다

1학기 기말고사*
— 발달 장애 아동을 대상으로 한 행동 수정 기법

필기 시험

마지막 시험이 있던 날은 생각보다 많은 비가 내렸다. 화이트보드 가득 수동 행동 형성에 대한 공식을 적어 놓고, 문득 시가 쓰고 싶어졌다. 화장실 거울 앞에서 204호 복도까지, 누군가의 관찰기록을 뚝뚝 흘리며 걸었다

필기 시험이 끝난 뒤

실기 시험을 보기 위해 길게 늘어선 줄. 그 뒤에서

바람은 미처 행동 형성이 되지 않은 어색한 몸뚱이를 끌고, 텅 빈 강의실을 제집처럼 돌아다녔다. 깊게 파인 등 안으로 갑자기 날아든 오후

3시는 버거웠다

다시 비가 내렸다

낡은 복사기의 버튼을 눌러 댔던 건, 시험을 위해 준비된 지시어 때문만은 아니었다

많은 비가 내리기 전에 나는 더 간단해져야 했다

모든 건 얼굴도 본 적 없는 친할아버지의 죽음처럼 예정

된 일이었다

실기 시험 1 – 동작모방 훈련 : 뛰어 내리기
이렇게 해 보세요
의자 위에서 후배와 함께 뛰어내리는 순간
죽은 할아버지의 기억이 날아들었다
우리는 아주 오래된 골목에서조차 길을 잃었고
잘했어요
손을 들어 후배의 입속에 초콜릿을 넣었지만, 이미 늦
었다
1초는 강화하기에 너무 많이 지나간 시간이었다

실기 시험 2 – 일상생활 훈련 : 벙어리장갑 끼기
장갑을 끼세요
오른손 손바닥 위에 올린 주황색 벙어리장갑이 축 늘어
졌다
왜 하필 벙어리장갑일까
다섯 손가락은 우리에게 너무 많았다

과제 분석은 다섯 단계
그에게 벙어리장갑 끼는 법을 알려 주고 싶었다. 하지만
그는 언제나 한 발 늦게 손을 내밀었다

실기 시험이 끝난 뒤
시험이 있던 날은 많은 비가 내렸고,
멈추기 위해서 얼마나 많은 단계가 필요한지
누구도 말해 줄 수 없었다

할아버지는 너무 일찍 죽었고, 할머니에겐 오히려 다행
한 일인지도 몰랐지만
아빠는 삐뚤어졌다

너를 위해 쓰는 시
낯선 단어를 주워 방수를 가득 채운 나의 눈은, 언젠가
너에 대한 압력으로 터져 버릴 거야
시가 되는 지점을 찾지 못했어
그건 지나간 노랫말이거나 너에 대한 지나친 관찰기록일
지도 몰라

우리에게도 당연한 것들을 배울 시간이 필요했다

마지막 시험이 있던 날은 비가 많이 내렸고
나는 예정된 죽음을 맞았던 할아버지의 눈 속에서 실기
시험을 치렀다

* 언제나 그런 것은 아니었지만 교수님의 강의 대부분은 조지 오웰의
『1984년』에 바탕을 두고 있었다. 우리에게 필요한 것은 장애 아동에게
단계별로 미습득 행동을 학습시키는 일이었다. 하지만 장애 아동뿐 아니
라 이 세상 모든 사람들은 미습득된 행동을 한다. 우리에게도 서로의 행
동에 대한 학습이 단계별로 필요했지만, 아무도 그것을 알려 주지 않았
다. 그래서 많은 시간이 지나도 우리의 모든 행동은 미완성이다.

심해 사무실

— 겁쟁이 새우

겁쟁이 심해 새우가 내 손끝을 쏘자 온몸에 마비가 일어났다. 달아나던 새우의 뒤꽁무니를 보며 나는, 눈물이 핑 돌았다

파티션을 사이에 두고 그와 나는 각자 다른 모양의 기지개를 켜고 그는 언제나 심각하고 똑같은 눈금의 말을 하고. 나는 같은 길이의 말을 제멋대로 자르고 붙여 사무용 종이에 옮겨 적는다

거대한 산호가 있는 조용한 사무실. 맨발로 이면지 위를 사각사각 걸을 때, 우리를 위협하는 그 무엇도 거대한 칼날을 세우지 못하는. 얼마나 버틸 수 있을까? 희박한 문장으로 서로의 폐활량을 궁금해할 때

창문을 열어도 숨이 막혀 죽을 지경이야. 책상 위, 모니터 앞에 숨어 삼각형으로 팔을 구부린다. 우리가 만든 관계의 꼭짓점에서 의문처럼 기포가 발생할 때

우리는 어디서 왔을까? 서랍 속에 꼭꼭 숨겨 둔 밀폐용

기를 열어 기묘하게 뒤틀린 오늘을 확인한다. 환기구는 어디 있을까? 내일은 또 얼마나 익숙할까

창문을 넘어온 바람 소리가 심해의 사무실로 쏟아진다 나쁜 일들이 벌어지고 있이! 심해 새우가 날 흔들어 깨운다

심해 사무실
— 심해 오징어

1

의사가 되겠다더니, 주문진의 과학 선생님이 되어 필통
속에 꼭꼭 숨은 언니는 연필심의 탁한 냄새를 풍기며 삐삐
말라 갔다. 칠이 벗겨진 하얀 등대가, 늙은 어부를 아버지
로 나눠 가진 아이들처럼 아파 보일 때, 늘 같은 병명으로
그 애들을 호명한다는 아침

바빠?/
멀리서 언니는 메신저로 나의 사무실을 두드렸다
모니터 위에 나타나는 언니의 병명

아파/
나는 원피스에 달린 은빛 스팽글들을 비늘처럼 반짝이며
물고기로 변해 물통 속으로 떨어졌다

2

여기에 물을 담아서 자주 마셔. 엄마는 내가 마르기라도 할
것처럼 물병을 주며 자주 큰 소리를 냈고 언니는 마른 오징
어 냄새를 풍기며 자주 백사장을 걸었다. 반찬 가게를 하는

반장의 엄마는 무신경하게 도시락을 싸 보내고 그제 전학 온 아이는 같은 반 친구를 땅에 묻기도 해. 맨 뒷줄에 앉은 아이가 의자를 박차고 나가면 아이들은 아무렇지 않게 학교를 벗어나 머리를 자르러 가고. 마른 주먹을 휘두르고

　아주 나쁜 눈빛을 가진 아이들이 있어

　언니를 잡으면 어딘가에 탁한 손자국이 남을 것 같았다

　마른 오징어처럼 흰 가루를 날리며 언니는, 칠이 벗겨진 등대의 환영처럼 흔들거렸다

　가로등에 가까울수록 잎들은 더 빨리 파래져

　뼈가 썩는 병을 앓았던 사람들은 천천히 오래 걷는 법을 습득했다

　언니는 가로수 아래를 천천히 오래 걸었고

　나는 언니가 남긴 예문들을 기억하곤 했다

　에틸렌 기체/

　성숙을 돕는 기체가 있다면 우리는 더 가까워져야 할까 멀어져야 할까

　나쁜 사무실이 있어

사무실은 너무 멀리 있었다

3
보여 줄 게 있어/
네가 핸드폰 화면 가까이로 헤엄쳐 다가오면 나는 허리
위로 올라온 재킷의 하늘색 끈으로 가슴을 꼭 묶고 재빨
리 헤엄쳐 달아났다

나는 학교에 다니지 않아/
말라 버린 우리는
지나간 한 학기에 대해 생각하고

그 애처럼 메신저에도 없는 친구가 출석부 모서리에 머
리를 찢긴 채 나를 찾아오면 울음이 터졌다
고개 들고 걸으라고 했지. 엄마는 멋대로 내 턱을 끌어올
렸고

0
네가 외워 둔 예문처럼 나를 훔쳐 부르면

나는 어느 깊고 먼 바다에서 가만히 말라 갔다

사무실은 너무 멀리 있었다

이사

우리는 어두웠다

혼자 머물다 지나가 버린 외로운 감정들을, 더러운 커튼 사이에 모조리 끼워 넣고

희미해진 발의 자국을 어떻게 알아볼 수 있을까요

아내는 나의 입을 통해 나오는 사실은 자신의 목소리로

화장이 벗겨지면 서로를 알아볼 수 없을까 봐 걱정이에요

얼굴을 감싼 두터운 어둠을 털어 내려 자꾸만 삐걱이는 아내에게

자기야말로, 자꾸 그렇게 움직이면 닳아 없어질지도 모르오 — 오

가구를 옮기며

이 문을 넘으면 완벽한 세계가 기다리고 있겠지, 시체처럼

우리는 20분 차를 놓친 40분 차의 승객처럼

이미 어두웠다

아내를 누르면 결코 섞이지 않을 눈과 물이 흘러나왔다

당신에게는 미안해요. 하지만 너무 어두워요

산은 멍처럼 까맣고, 가로등은 비현실적으로 멀고. 집들은 작아서 아름다웠다

우리가 탄 버스가 목적지에 이르기도 전에 멈출까 봐 겁이 나오 — 오
가구를 옮기며

멀리서 반짝이는 가로등 하나 내 가슴에 옮겨 심을 수는 없나

아내의 가슴처럼 우아하게 불거진 도시의 화안한 가장자리를 지나
크리스마스이브에 있는 방학식을 기다리듯
아파트의 평수가 줄어들수록 낮아지는 우리의 계급과
가장 가지고 싶은 완벽한 어둠 사이에서
무릎과 무릎의 끝에 마음이 있단 말은 듣지 못했나요? 나에게는 뇌와 무릎뿐이에요
무릎이 부닥칠 때마다 나는 아내의 소음들을 들으며
우리는 어딘가로 불안을 옮겨 가고 있었다

발음되지 않는 엽서

몇 장의 우리가 바닥에 떨어져 있었다

숨 쉬지 않는 모니터 같은 얼굴로
속이 깊은 겨울을 가진 내밀한 연인들처럼

학습지도실
이렇게 간단한 사칙연산에도 오류를 내는 건 어린애들이
나 하는 짓이야
엄마는 내 눈을 감기고 부레에 출혈이 있는 물고기처럼
두 귀를 틀어막았다
오르락내리락 운동장을 헤매며, 나는

언젠가는 모두가 나를 더 싫어할 거야. 좋아하라는 부탁
을 한 적도 없었는데

나와 내가 바뀌고 잘못 발음되고. 아빠가 생략되고, 나
쁜 엄마가 조금 더 나빠져야만 하는 나의 입속에서. 나는
자꾸만 바뀌어 발음되는 것들. 사랑은 아 더하기 너

12월 24일

아름다운 입천장을 가진 트리에 매달려 있었다

그 문장에 조금 더 오래 머물러 있고 싶어요

너와 네가 있는 학습지도실

너는 네게 말했다. 너를 이해할 수 없어. 네가 하는 말을 알아듣지 못하겠어. 너는 나를 사랑한다는 거니, 그렇지 않다는 거니

이해할 수 없는 너에게로 동화되는 나. 너는 사랑한다. 나는 그렇지 않다. 하지만 나는 발음할 수 없는 나. 선생님 우리는 어떻게 발음해야 하죠? 이 말과 저 말 사이의 투명한 날씨와 목 뒤로 부풀어 오르는 꿈들. 너에게로 순행하는 나. 너는 사랑한다. 사랑은 그렇지 않다

너는 내게 말했다. 사랑은 아 더하기 너

우리는 아 더하기 너

방과 후 학습지도실
이건 결코 어려운 문제가 아니야
〈눈처럼 하얀 아기가 바닥에 떨어져 있었다〉
조금 더 웃거나, 조금 덜 울면 풀 수 있어

엄마는 나를 사랑하는 걸까, 그렇지 않은 걸까

장난감이 'ㄴ'을 잃어버리고, 연필이 받침을 바꿔 들고,
할머니가 할아버지도 되고 아버지가 바지도 되는 나의 입
속에서. 나는 너를 잃어버리고. 긴장한 나는 사랑을 싸움
이라 말한다

오늘도 발음할 수 없는 나. 이해할 수 없는 너. 하지만
사랑은 가장 낮은 혀를 지닌 자들의 마찰. 어느 말끔한 겨
울의 한낮처럼 눈부신 우리가 좋아. 나는 손가락으로 혀를
누르고 '아' 하고 소리를 질렀다

12월 23일
너는 내게 말했다. 가까이 다가가서 어른들의 발음을 훔

처 내기 시작해

치아처럼 고운 눈이 내렸다

학습지도실
몇 장의 우리가 바닥에 찢어져 있었다
너의 문제는 멀리서 반짝이는 뇌의 어떤 영역. 그건 나
와는 달랐고 세련된 이름을 가졌고 너는 그것들을 이해할
수 없으면서도 기꺼이 근사하게 발음할 수 있었다. 너는 그
속에 나의 손을 넣고 병든 문장들을 휘젓고 다시 배열하기
를 반복했다

오래된 하드보드지 같이 오늘은 우리가 좀 씩씩해 보이
지 않니?

고통을 참으며 네가 말했다. 잔뜩 눌린 채 가장 어려운
7번 문항을 풀 때처럼. 장애라는 말을 구겨 놓고 잔뜩 찡그
린 채로
너는 학습지도실을 떠났다

너에게서 역행하는 나
너는 그렇지 않다. 나는 또 그렇지 않다

　나의 파열된 입속에는 네가 결코 잊어서는 안 될 뇌의
어떤 영역이, 깊은 호흡을 꿈꾸고. 멈춰 서 있었다

　방과 후 학습지도실
　〈내가 공기를 들이마시고 성대를 진동시키는 건 네가 있
는 영역에 전달되고 싶기 때문이야〉
　어느 날엔가는 꼭 봉투에 담아 보내고 싶은 내 입속의
키스

　〈학습지도실은 나에 대한 너의 배열 방식〉
　책상 위에 엎드리자 네가 남기고 간 문장들도 모두 잠든
척했다

　12월 25일
　산타할아버지는 나의 턱에 변별할 수 있는 발음들을 넣
어 주었지만

나의 문제는 여전히 입속에 있었고,
너는 내가 발음할 수 없는 그대로

우리는 우리를 닮은 그대로, 미숙한 이 문장에 계속 머
물러 있고 싶어요

너와 내가 있는 학습지도실
어느 말끔한 겨울의 한낮처럼 눈부신 〈우리〉가 좋아

완전한 손바느질
— 어느 절름발이의 고백

1
신사의 발목은 어떤 것일까
양말을 지운 자리에서 나는 부드러운 손바느질로 공그르기를 하며
완전한 걸음걸이를 상상한다

내가 더는 당신의 불완전함을 사랑하지 않을 때, 당신의 기대는 어떤 방식으로 무너지는가. 순서대로 혹은 허리 아래로부터. 나는 당신의 흉상을 껴안는다

우리가 익숙함에 의지해 계단을 내려갈 때,
나는 나보다 안전한 눈으로 손바느질을 한다

숙녀가 장갑 한 짝을 잃어버리고 새하얗게 토라져 웃는 밤
절름발이 당신이 내게서 완전한 사랑 한 짝을 갈구한다

2
완전함은 어떤 것일까

소녀는 입김을 머금고, 나는 부끄러운 손바느질로
어제의 보드라운 손으로
포개 놓은 천 위에 시침질을 한다. 숨을 참는다

당신이 나의 불완전함을 온전하게 사랑하려 할 때, 나의
두려움은 어떤 방식으로 고통 받는가. 불행의 아래로부터.
당신은 나의 손목에 그토록 안전한 지퍼를 단다

지퍼를 열자, 불온한 사춘기였다
절름발이 소년이 내게서 입을 다문다. 나보다 완전하게

손목 부분에 이/다/지/도
안전한 지퍼를 달기 싫었어요

우리가 한 마디도 같은 말을 하지 않을 때
서로에게 불안전한 거짓말은 하지 않기로 해

완강함은 어떤 것이었을까
박음질을 한다

나는 너보다 완전한 사랑을 상상한다

3
너의 발목은 어디쯤 왔을까
보이지 않게 모든 창구멍을 막으며
나의 비밀은 영원한 거짓말

우리가 만든 균형의 밀도가 모두 깨어진다

4부

2층 C동 플랫슈즈

자매들

내가 언니와 똑같은 옷을 입은 소녀였을 땐 말이지, 얼굴이 무섭게 구겨진 골목을 지날 때에도 까치발을 하고 걸었어. 집에서 흰 커버 양말을 벗을 때마다 우리가 다른 표정을 하고 있다는 걸 누군가 알아챌까 겁이 났었지. 언니보다 연한 뒤꿈치를 들키지 않으려 두 발을 뗄 때에는

겨울 다음엔 여름

동생들은 끊임없이 누군가를 속여야 했지

내가 세라복을 입고 중학교와 다른 고등학교를 다닐 때는 말이지, 돌고래를 닮은 친구와 점심을 먹고. 물을 뚝뚝흘리며 교실로 들어선 건 내가 가진 말라붙은 구름을 들킬까 겁이 나서였어

나 다음엔 나

쌍둥이처럼 굴었지

버스 뒷좌석에 나란히 앉아 끝말잇기를 할 때에, 우리는 똑같이 처음과 ㄹ 발음을 혼동했었지. 하지만 동생이 자기의 송곳니를 가졌을 때, 나는 내가 한 말을 다시 듣기도 하고. 우리를 구별 못 하는 사람들에게 들킬까 겁은 났지만, 내가 지닌 측두엽으로 그들과 말할 때에는

혀 다음엔 입술

언니들은 끊임없이 자기편을 만들어야 했지

연골이 닳을 만큼 멀리 있는 대학을 다닐 때 나는, 매일 다른 옷으로 분열했지. 오래된 표정의 니트처럼 보풀을 일으키기 싫었거든. 소장의 융털이 없는 척했지. 누구에게도 이식받을 수 없는 기억들을 지닌 것처럼

3 다음엔 5

최소한의 공통점만 갖고 싶었지

예리한 감정들을 마음껏 들키며
그렇게 살고 싶었지

모텔 오페라

그날 밤 우리가 원한 건 에로티시:즘
지독한 플롯이지

허리를 묶은 개미들이 그녀의 치마 속을 줄줄줄 기어
나오고
우리는 부자가 되려나 봐
차가워진 엉덩이를 속이려 거짓말을 늘어놓고
봄 소풍을 갔었어. 오빠는 골수부터 일개미였지. 얼굴도
모른다는 여자들의 음부를 채우며 언제든 청중이 되는 데
익숙했으니까. 자신보다 두려운 색이 없는 일개미였지
그녀는 벌레들이 기어간 손등으로 자신의 수줍은 얼굴
을 눌러 죽이며
너를 죽이고 싶지 않아 다행이야
수분처럼 만져지는 이마 위로 그날 밤 우리가 원했던 에
로티시즘을 흘렸다
자고 일어날 때마다 동생은 허리를 잃어 갔어
치마 속으로 아무것도 아닌 것들을 주워 나르며. 머리,
가슴, 배. 더 잃을 게 없는 사람처럼 아쉬워하고

내 전공은 오페라였어

벌레가 들끓는 아리아를 부르며 팬티처럼 잊혀 갔지
하루에 한 번 이상

그녀의 전공은 오페라. 모텔 오페라였다

BL03

1

나는 트루 블루(true blue)

매 순간 진실할 수만은 없어요

다락방에서

나는 금발 머리를 뒤집어쓰고, 대나무 단소의 몸통에 손을 얹고, 종일 희희덕거려요. 당신도 모르게 짧아져 갔죠. 발목까지 내려오던 머리카락과 긴장. 당신이 싫증 난 모든 것들이 닳아 없어진 고물 스튜디오에서, 내 몸을 탐닉하는 건 키 작은 솜 인형과 말라빠진 솜 인형들. 당신이 모르는 내 애인은 차가운 허리, 살색 테두리를 단 리코더예요. 그는 초등학교 이후 기능을 상실한 '유일한' 리코더지요. 나는 가치 있어지기 위해 특별한 음악성 같은 건 지니지 않고 태어났는데 말이에요. 대신 내게는 기능을 설명할 수 있는 유연한 형식을 주세요. 나는 끊임없이 무언가를 원해야 했죠. 던져져도 깨어지지 않는 무수한 이야기의 인형 놀이 같은 것. 당신은 모르게 다락방에서

나는 열 손가락을 칠해요

트루 블루

혈관이 비치지 않는 이야기들

2

당신들은 서로를 스위티(sweety)라고 부른다지요

당신은 금성전자동리듬세탁기

당신의 와이셔츠 뒷목에 묻은 그녀는 01 러블리 핑크*

옷장 안에서

나는 파괴를 기다리는 작품처럼 모든 걸 귀찮아 하며 걸려 있었고, 그러면서도 여전히 구두는 벗지 않고 걸려 있었죠. 당신 입덧이 너무 심하군, 섬유질을 많이 섭취해 봐. 당신은 입술을 앙 다물고 작동 버튼을 누르지만. 때때로 당신 말이 옳아요. 내겐 섬유질이 필요하죠. 입술에서 입술로

3

당신은 바로크, 나는 트루 블루. 구두를 벗고 발톱을 칠해요. 지우기도 전에 벗겨져 버리는 나는

매일 다른 얼굴을 가질 순 없나요?

　매일 다른 손톱을 가질 순 있죠. 점원 아가씨가 손에 발라 준 것은 203 퓨어 옐로우(pure yellow)였다

* 토니모리 스위티 립글로즈 '01 러블리 핑크'.

구두
— 낡은 구두들을 위한 이야기

언젠가 언니와 마음처럼 굽이 뭉뚝해진 구두를 들고 길을 걸었던 적이 있어 수선집 아저씨는 대로변에 꽁꽁 숨겨져 있었지 언니는 발목을 보며 짧아졌어 허리를 펴고는 도저히 찾을 수가 없었거든 그때 나는 자랑스러운 한 마리 척추동물을 기르고 있었는데 언니가 말했지 나의 새로운 앵클 스트랩 슈즈에 밟혀 죽을 뻔하면서도 말이야 언젠가 너도 낡은 척추동물을 위해 허리를 숙이는 날이 올 거야 하고 말이지 말도 안 되는 이야기야

당장에라도 뛰어내릴 수 있을 것 같은 높고 신선한 구두를 발견하면 말이지 롤러코스터에 오른 것처럼 걷기도 전에 흥분돼 의사는 과격한 나의 새 구두가 오래된 척추에 무리를 준다고 말했지만 그렇다면 새 척추를 사겠어요 낡은 것을 버리는 건 오늘에라도 당장 새것을 고를 수 있다는 이야기지

구두 하나 때문에 가지고 있던 모든 것들을 죄다 바꿀 셈이야 친구들은 말했지만 귀찮다고 굽이 뭉뚝하거나 에나멜이 벗겨진 구두와 어울리는 건 오래된 가족들을 곁에 두는 것

과 같아 나의 오른쪽 엄지발가락이 안쪽으로 깊이 휘어지고 있다고 언니는 말했지만 그렇다고 낡은 가족들과 있다가는 감염될지도 모르잖아 나의 신체 박물관은 변형되는 것들을 기꺼이 받아들일 준비가 되어 있단 이야기지 약해진 면역력을 위해서라면 말이야

나 역시 한 번도 고치지 않은 깨끗한 척추를 방금 조율한 현처럼 팽팽히 당기고 길을 걸었던 적이 있었지 어떤 변형도 원하지 않던 낡고 낮은 구두를 신고 말이야 잃어버린 후각이 끊어진 기억력을 찾아 떠날 만큼 오래된 이야기지 신발장 깊숙이 묻어 둔 낡은 구두들이 생각날 때가 있어

기형이 된 엄지발가락을 가졌다는 건, 그만큼 많은 것들을 사랑했다는 이야기지 낡아진 것들을 위해 이제는 그만 허리를 숙이고 싶을 만큼

악어 사냥

나에게는 정면성의 법칙에 충실한 여자 친구가 있어요

아마존에 좀 다녀와야겠어
오.빠.가

그녀의 혀 뒷부분을 찍고 입술로 흘러나오는 저
무책임한 호칭이 나는 좋아요

내 귀는 그녀의 날숨을 들이마시고,
영혼 불멸의 법칙에 충실한 남자 친구로 거듭나요

부귀를 상징한다는 사각형의 이집트 메달을 목에 걸고
밀림으로 가요

그녀의 첫 번째 남자 친구는 길게 죽어 있었죠
　그녀의 허리에는 먹장어의 가죽으로 만들어진 가방이
항상 손을 올리고 있었는데

　병렬 법칙에 충실한 강은 밤이 될 때까지 한 남자가 다

른 남자를 숭배하게 만들었고

그녀의 두 번째 남자 친구는 수컷(male)이었죠
그녀는 라벨을 보기 위해 그를 뒤집고는, 내가 원한 건
블랙 그라마* 피메일(female)이었어. 밍크 양식장으로 간단
히 사라져 갔죠

밀림에도 법칙은 있어요. 주머니도 없는 악어의 지갑이
되기 싫다면, 밤까지는 사냥을 끝마쳐야 해요

사냥하는 법을 알려 준 건 할머니였어요. 시장에서 손님
들의 잔돈을 가로채는 할머니는 노련한 맹수 같았죠. 떡볶
이는 맛이 없었지만, 떨어뜨릴 머리카락 같은 건 애당초 할
머니에게 있지도 않았어요. 할머니는 버선발로 상추를 팔
고 나는 머리카락을 길렀을 뿐인데, 할머니는 훔친 동전들
을 모두 어디에 넣었을까요?

기꺼이 동전을 넣어 주는 여자 친구가 있다면 밀림의 밤
도 아름답죠. 아름답지만

사냥에도 법칙은 있어요. 유행처럼 죽고 싶지 않다면 낮
동안은 악어를 피해 다니세요. 밀림의 밤이 아름다운가요?
아름답지요. 나무 위에서 이끼를 깔고 잠이 들어도 그녀보
다는 악어가 훨씬 덜 위협적이니까요

* 유명한 모피 코트 브랜드.

메이크업

그는 특별한 날을 제외하고는 내가 아주 진실하다고, 손
쉽게 믿어 버리지만
사실은 그렇지 않아요

마음처럼 활짝 모공을 열고 다니는 남자들과, 나는 달라요

늦기 전에 화장품 매장에 가 봐요. 막내 직원이라도 있
다면, 그 애는 화장실에 갈 때마다 다녀오겠습니다, 인사해
야 해요

화장에만 엄격한 순서가 있는 것도 아닌데
기초 없이 말부터 놓으려는 남자들은 질색이에요

*

교수님은 움직일 수조차 없는 사람에게 몸은 언어의 기
능을 대신한다고 길게 설명했죠

뭐든 기능성이 있는 것들은 길고 화려한 이름으로 자신
을 치장해요. 나쁠 게 있나요? 클린앤클리어 스킨보다 랑

콤*이 특별했던 건 오래전 벗어난 사춘기 때문만은 아니었
어요

　최소한의 기능 하나만 표시하고 손부터 잡으려는 남자
들은 이름부터 바꿔 주고 싶죠

　가능한 한 많은 화장품을 갖고 싶어요. 하루쯤은 날 닮
은 파우더와 두 시간쯤 나보다 로맨틱한 볼터치. 한순간쯤
내가 되는 립글로스로. 혼자만의 상처를 감추듯이. 그가
모르는 많은 나를 나 대신 바르기 위해서죠

　어제까지 늙어 가던 한 가지 얼굴로만 입술을 훔치려는
남자들은 싫어요

*

　그는 특별한 날을 제외하고는 내가 아주 심각하게 자신
을 사랑한다고 믿고 있지만
　사실은 그렇지 않아요

한 듯 안 한 듯, 그런 연애가 좋아요

무거워진 화장처럼 사람을 질리게 하는 건 없으니까요

*

차도로 뛰어들며 진심을 고백하는 남자들을 어떻게 믿
을 수 있겠어요

보이기 위해 몸 위에 몸을 덧바르는 남자들과 나는 성분
부터 달랐던 걸요

교수님은 내가 전공을 살리지 않았다고 쉽게 말하지만
그렇지 않아요. 나의 몸은 언제나 말하고 있는걸요

*

매일 저녁 깨끗이 그를 지워 낼 수 있는, 진주알 클렌징
은 잊지 않아요

* 여기서는 랑콤의 기능성 화장품 중 하나인 블랑 엑스퍼트 뉴로화이트 엑
  스트리플 얼티메이트 화이트닝 뷰티로션 베리 모이스트를 말함.

외로움의 코디법

약속은 분주해야 해요

폴리로 된 스커트를 입은 것처럼

지긋지긋하게 달라붙는 일요일에는
하이힐을 신고 비스킷 위에 서 있는 여자들처럼. 위태롭
고, 경이롭게. 가느다란 7센티의 기본 굽부터 시작해요

목요일에 맡긴 바바리 수선은 미뤄질 수 있지만
가슴이 살짝 드러나는 슬리브리스를 입을 때에는. 매일
아침, 발자국이 찍힐 만큼만 뽀얗게 우러나는 쇄골을. 조심
스럽게

구름처럼 전주곡을 시작하는 화요일에는
크리스털이라는 닉네임을 지닌 외국 소녀를 만날지도 모
르죠. 생각해 봐요. 견갑골 대신 박아 넣고 싶은 귀걸이를
선물받을 땐 악센트를 어디에 둘지

젊은 무용수처럼 뒷목을 드러낸 수요일에는

불어처럼 풍부한 발음으로 된 스카프를 떠올려요. 당신
은 밤새도록 스카프를 장식할 레이스를 뜨고

누구도 다치게 하지 않는 목요일에는
암포라처럼 오래된 당신의 바바리를 잊지 마요. 가끔씩
사회책에서 그리스의 양식을 발견하는 것도 나쁘진 않죠

토요일에 당신은 약속이 없어요

금요일은 얼음 가는 기계처럼 오직 아니면 단지, 한정된
것들을 향해서만 움직이고
당신은 가방처럼 외로워지겠죠

그래도 토요일에는 퍼즐을 맞춰야 해요

일요일에 당신은 친절해지죠
약속은 깨지고, 우리의 기본은 너무 높은 데서 시작하
지만. 밤새도록 짠 원형의 레이스는 절대 깨지지 않아요.
당신의 목은 금관악기로 된 것처럼 여전히 아름답고

월요일에 당신은 면으로 된 것처럼 어디에나 속해 있을
거예요

익숙하게,

잊혀져요

마치 처음인 것처럼

용만이 아저씨의 하이힐

용만이 아저씨는 길 건너에 살아요

아저씨가 나오면 취한 길들이 멀미를 해요

절룩절룩
아저씨의 오른발은 뒤꿈치가 땅에 닿지 않아요
아줌마가 떠나고 아저씨의 오른발은 아줌마의 남겨진
하이힐
한 짝이 되어 버렸대요

돌아와 돌아와
아저씨의 왼발은 뒤꿈치가 오른쪽으로 돌아가 있어요
떠난 아줌마를 너무 그리워해서
다시 돌아오지 않는대요

아저씨가 사는 길 건너에는 아홉 개도 넘는 언덕이 있어요

그런데 왜 신호등은 하나도 없는 걸까요

아저씨에게는 멀미 나게 사랑하는 어린 딸도 있는데
까까 까까
그 애는 이제 막 순진한 음들을
토해 내기 시작했어요

딸애를 양팔에 부둥켜안고 아저씨가 길을 건너요
길 건너에는 네 개도 넘는 슈퍼가 쌓여 있는데
그런데 왜 먼지 쌓인 신호등은 하나도 없는 걸까요
아저씨에게는 하이힐도 한 짝뿐인데

과자 사 가지고 가자
아저씨는 가난했다는데 언제 그렇게 자랐을까요
딸애의 손을 잡자면 휘청 허리가 휘어요

아저씨는 어린 딸을 부둥켜안아요

까까 까까 그 애는 이제 막 찢어진 과자 봉지 사이로 벌어진 음들을 흘리기 시작했어요 차들은 멈추지 않아요 길들은 이제 막 멀미를 시작했고 아저씨의 왼발은 즉흥적이

죠 돌아와 돌아와

　내가 아는 용만이 아저씨는 아직 신호등이 없는 길 건너
에 살아요

파티

　얼굴 없는 형틀 그게 너의 얼굴이었다 역시 뒷모습이 예
쁜 것 같아 너는 앞모습 대신 옆모습을 들고 다녔다 밤이
면 사람들의 뒷모습에 얼굴을 숨겼다 때때로 뒤통수가 시
린 것 같아 너는 앞머리 대신 긴 가발을 가지고 다녔고 부
리질 듯 가느다란, 칵테일 잔의 외로운 긴 목 그게 너의 얼
굴이었다 역시 뒷모습이 예쁜 것 같아 너는 가슴 대신 옆
구리를 내밀었다 등 뒤로 한 발짝 구두코를 숨겼다 아직도
뒷목이 자랑스러운 것 같아 너는 발등 대신 뒤꿈치를 내밀
었고 나는 네 손을 잡았다 놓쳤다 허리 뒤에 묶인 커다란
리본과 풍요로운 드레스의 얼굴 아래로 독주를 마시고 도
주로를 이탈한 너의 독주 외로움은 숨길 수 없었다

움직이는 욕조

처음 그를 봤을 때, 나의 감정은 지극히 평면적이었죠. 그는 거대한 욕조를 가진 남자였어요. 천천히 몸을 닦았죠. 놀이를 하듯. 커다란 욕조에 긴 시간 몸을 담그는 건 어떤 느낌일까. 엄마가 아빠에게 물었고. 아빠는 대답하지 않았어요

그는 다른 맛이 나는 거대한 욕조를 여럿 가진 남자였어요. 엄마는 짠맛에 몸을 담그고 천천히 입맛을 다셨죠. 식탐을 부리듯. 여기다 식당을 연다면 두 배는 잘될 거야. 엄마가 주방을 들고 사라지자 우리는 모두 미각을 잃었어요. 아빠는 입도 뻥끗하지 못했죠

그는 8음 음계의 온도를 내는 여덟 개의 욕조를 가진 남자였어요. 뜨거운 물과 찬물을 번갈아 가며 노래했고 남동생은 성대를 풀었죠. 사춘기 때 잃어버린 고음을 되찾은 듯. 이 안에 노래방을 연다면 잃어버린 자존심도 회복할 수 있을 거야. 동생이 소리를 걷어 사라지자 우리는 미소를 잃었어요. 집에는 돈 한 푼 남지 않았어요

다시 그와 마주쳤을 때, 나의 감정은 점점 입체적이 되었죠. 그는 뜨거운 방을 가진 남자였어요. 천천히 땀을 흘

렸죠. 놀이를 하듯. 24시간 불가마를 이용하는 사람들은 어떤 사람들일까. 여동생은 나에게 물었고, 나는 대답하지 못했어요

그는 다른 마음을 먹은 여러 개의 방을 가진 남자였어요. 동생은 발열하는 보석 위에 누워 땀 흘리는 자신의 두 다리를 어루만졌죠. 향긋한 오일 아래 림프액이 순환하듯. 이곳에 방을 빌려 마사지실을 연다면, 우리도 피곤을 잊을 수 있을 거야. 동생은 이모와 고모와 숙모를 데리고 피곤한 많은 여자들의 시중을 들러 떠나 버렸어요. 할아버지는 너무 익은 등을 스스로 뒤집었죠

하지만 그는 팔 수 있는 많은 공간을 가진 남자였어요. 아빠는 부러운 듯, 수증기가 뭉텅뭉텅 뿜어져 나오는 팔층 건물을 올려다봤죠. 커다란 욕조가 탐나는 듯. 그의 찜질방을 인수한다면 천장엔 움직이는 욕조를 매달 거다. 아빠의 입은 움직이는 조각처럼 허공에 대롱대롱 매달려 있었어요. 그는 이모부와 고모부와 숙부에게 건물 사이사이 놀던 땅을 팔아먹었죠. 놀이라는 말뜻을 알기도 전에. 아빠에게는 놀이터 땅을 팔아먹었죠. 몸을 닦거나 땀을 흘려 보기도 전에. 놀이를 하듯

그에 대한 나의 감정은 다차원적이죠. 그는 커다란 암세포를 가진 남자였어요. 천천히 팔다리를 지워 갔죠. 고통을 음미하듯. 커다란 찜질방에서 수증기도 남기지 않고 사라져 가는 건 어떤 느낌일까. 나는 그에게 물었고, 그는 대답하지 못했어요

어쨌든 그는 우리가 즐길 수 있는 커다란 찜질방을 가진 남자였어요. 그의 찜질방에서는 누구나 놀이를 해요. 나는 아침부터 계산대 앞에서 팔다리가 뜯기는 놀이를. 엄마는 점심시간마다 몸통이 지워지는 놀이를. 남동생은 놀이에 지친 사람들을 지켜보는 놀이를. 여동생은 마감이 없는 놀이를. 우리는 새벽까지 땀방울에 섞인 서로를 찜질방 바닥에서 찾아내는 놀이를 즐겼죠. 화상 입은 각막을 재생된 각막으로 바꿔 끼우고 서로의 조각을 맞춰 봐요. 욕조도 없이

하지만 그는 움직이는 욕조를 가진 남자였어요. 천천히 몸을 닦았죠. 놀이가 끝나면 우리도 움직이는 욕조를 가질 수 있을까. 매점에 숨어 계란을 훔쳐 먹던 할아버지는 우리의 놀이가 지겨운 듯 아빠 흉내를 내기 시작했어요. 화들짝 놀란 고모는 손님들이 입고 던진 옷에 묻어난 이모와

숙모를 남김없이 모아, 대여된 보관함 열쇠나 수건을 찾아
내듯 이모부와 고모부와 숙부를 찾아서는 달아나 버렸죠.
놀이는 끝났어요

  하지만 그는 놀이를 아는 남자였죠. 우리의 놀이가 모두
끝난 곳에서는 그만이 남아 욕조에 몸을 담그고 고통을
즐겼죠. 천천히. 놀이를 하듯. 그는 움직이는 욕조를 가진
남자였어요

4분의 4박자

다장조인 1악장
유두를 감싸고 사분음표가 생길 때마다
나는 연주하느라 애를 먹어요
출근하는 남편에게 나의 옆구리에서 나온 커피를 뽑아
주고
유명한 반주자인 당신을 불러 나의 열 발가락에
사분쉼표를 하나씩 그려 넣었죠

하지만 당신들은 모두 오선지 속으로 사라져 가요
점점 여리게 혹은 아주 여리게

하루는 질 속에서 뾰족한 꼬리를 단 팔분음표들이 흘러
나왔어요
가랑이 사이로, 바짓단 밑으로
나는 발걸음이 빨라졌어요
이모는 새 구두를 선물할 때마다 밑창을 열고
음표들이 없는지 확인했지만

오래된 신발장 안에서 늘어나는 발들

점점 빠르게 혹은 아주 빠르게

2악장
다시 처음으로 돌아오는 연주를 시작할 때
아내는 목을 늘어뜨리고 악보 끝에서 발가락을 잘랐다

나는 으뜸음 위에 올라 단조의 음계로 된 아내의 피아노
연주를 듣고, 허기를 달래고
아내의 온몸에 내가 아는 모든 계이름을 적어 넣었다

도레미파솔라시
아내는 철로 위를 달리는 코끼리처럼
도레미파솔라시

살아 있다는 걸 무서워했다

다시 처음으로 돌아오는 연주를 시작할 때
아내는 위장을 열고 내가 아는 건반들을 모두 씹어 삼
켰다

사장조의 3악장

유두를 감싸고 생긴 높은음자리표 옆에

남편만 모르는 악상기호가 여러 개 생겼어요

나는 여덟 개의 새로운 발도 가졌고요

마디마다 여덟 개의 새로운 십육분음표들을 연주하지요

내가 좋아하는 반주자인 당신이 내 골 속에 손을 넣고

메트로놈이 울릴 때마다 실을 당기면

나도 꽤 노련한 연주자인데

귓바퀴를 따라 낮은음자리표가 생겼어요

이제는 나도 꽤 노련한 연주자인데

당신들은 매일 한 옥타브씩 멀어져 가요

도레미파솔라시, 도레미파솔라시

#이 있는 4악장

아내가 괴상한 기호로 변해 버렸다

두 개의 얼굴에 각각 두 개씩의 팔을 달고

여전히 두 개뿐인 발로는 열심히 페달을 밟는다

솔시레 도미솔
아내의 흰 손은 건반 속으로
레#파라
아내의 눈동자도 건반 속으로

정말로 내가 필요한 사람은 여기 없어
꼭 감은 두 눈으로
아내는, 악보 끝에 되돌이표만 남긴 채 돌아오지 않았다

다시 2악장
침대 위에는
플랫(b)이
신발장 속에는 소리를 잃은 음표들이

피아노 선율에 감긴 시간들이 모두 지나가기를 기다리며

지우에게

특수학급에서

주먹만큼 작은 아이가
자기만 한 주먹을 지닌 남자애를 깨물었다
그때, 그 애의 이에서는 '꼭' 소리가 났다

연구수업을 앞두고

노란색을 파란색이라고 말했다
그때, 그 애의 파란색은
뿌리 잃은 혀가 연구개까지 말려 올라가 있었고

엄마는 때때로 정신과를 방문했다
그때, 아이는 인형처럼 웃었다
다른 또래의 아이가 아니라 인형처럼
작고 견고하게 예뻐지기 위해

하루는 반 아이들 모두의 팔뚝에 손톱자국을 남기고는
엄마의 자궁 속에 목소리를 두고 온 한 사내아이에게

온몸을 관통하고 나온 '꽥' 소리를 질렀다
아이는 나를 보며 씩 웃었다

특수학급에서

어느 날 아이가 사라졌다
아이는 자꾸만 작아졌고
엄마는 도시에서 멀어지길 원했다
더 이상은 이 꼬마 악당을 잃어버리지 않기 위해

플랫슈즈

길게 이어지는 약속을 좋아해요
색다르게 부푼 아침

소멸하는 뒤꿈치를 따라

가벼워진 굽의 무게로
자꾸만 흐려지는 당신의 무늬를
바닥 가까이 흩어 놓는 일

뜨거운 무늬로 얽혀 있는 하루
따뜻한 상처들로 채워진 발바닥 아래는
무지개 송어처럼 예쁜 이름을 숨기고

부드러워진 뒤꿈치를 따라

지워진 문항의 뒤를 밟는 일

바바리코트를 입고 다음 계절로 사라지는 남자들
자꾸만 낮아지는 여자들을 따라

눈이 내리기 전에 뒤돌아 가요. 구두코에 올린 커다란
통증 같은 장식들은 떼어 버리고

소멸하는 뒤꿈치를 따라

89페이지

햇살에 팔 저린 창문가에서 나는
그대가 벗어 놓은 중절모가 되었어요

호수와 바다가 넘실대는
크빈트 부흐홀츠의 그림 속으로
이야기가 되어 던져졌어요

그림책* 속에서
물감에 갇힌 사내들이 관현악을 연주할 때, 그대의 이야
기는 6페이지 옆에서 처음 시작되었어요. 그녀에게 전할 장
미를 물고, 바다 가운데 매달려 돛이 된 사내. 그가 남겨
둔 빈 의자 옆에서 모든 건 아직 이뤄지지 않은 검은 점이
었지만, 나는 선이 되었어요. 그를 향해 지저분하게 그어진
검은 선이 곧 나였어요

  구슬 속에 갇힌 노인이 알록달록한 추억을 향해 접힌
두 손을 뻗을 때, 넘겨진 22페이지에 와서야 알았어요. 마
주보고 있어도 그대는 늘 나와 다른 쪽에 있었죠. 무채색
고양이의 미끈한 검은 등 옆에서, 빗방울이 되어 백조의 한

쪽 날개를 적시고. 나는 곡선이 되었어요. 그녀의 풍만한 스커트 자락과 틀어 올린 둥근 머리가 곧 나였어요

그림 아래로 난 펭귄의 두 다리, 혹은 그림 위로 보이는 견고한 균열이 곧 나였어요. 나는 그대의 틈새가 되고, 하얀 평면 위에 구멍을 내고, 그대에게서 훔쳐 낸 주사위에 올라 44페이지 옆으로 굴러가 버리고

낯선 사내가 홀로 있는 갑판 위. 지저분한 얼룩이 되었어요. 한 조각의 햇살, 그 햇살은 누구의 팔도 저리게 할 수 있다고. 사뭇 진지하게 말하는 텅 빈 사내의 뒤에서 속삭이는 52페이지를 뒤로 하고 나는 유희하는 그림이 되었어요. 내가 원하는 것은 은빛 수도꼭지, 균열, 이미 멈춰 버린 영사기 같은 것

거울 속으로 난 붉은 털실을 따라 그림 속으로, 혹은 그림 속으로. 그대와 내가 마법사의 모자에 갇힌 우주처럼 친밀하다는 착각과 어디에도 버려질 수 없다는 공상 속으로. 그림이 주인공이 되는 우울한 희극과 어느 때보다 나이

든 아이들이 숨어 사는 아파트 속으로. 88페이지 옆에서야 알았어요. 내가 마차에 훔쳐 싣고 달아나는 지구 속에, 그대는 있지만 나는 없어요. 아무 페이지도 아닌 그게 나였어요

그림책 밖으로
마침내 세상 모든 글자들이
나를 찾아왔어요

89페이지를 넘어서면
그대도 한 편의 이야기처럼

비어 버린 페이지 속에 나는 있지만 그대는 없어요

* 크빈트 부흐홀츠, 「호수와 바다 이야기」.

단절의 소통

김나영(문학평론가)

조혜은의 시가 보여 주는 특이함 중 하나는 시라는 장르에 깃든 운문(韻文)의 문법을 개의치 않는 화자의 태도다. 조혜은 시의 화자들은 산문의 방식이라고 해도 될 정도로 긴 문장을 오래 늘어놓는다. 왜 그런가. 우선 짐작할 수 있는 것은 시의 화자들에게 하고 픈 말이 많다는 점이고, 다음으로는 그 화자들이 구축하려는 시적 공간이 운율이나 은유에 기댄 묘사보다는 직접적인 진술을 뼈대로 삼고 있다는 점이다. 그 시적 진술이 화자들의 태도에 연관한다는 점 또한 조혜은 시의 특징으로 염두에 둘 만하다. 이 시집의 서시(序詩)로부터 이야기를 시작해 보자.

지겨워. 발을 차 넣자 그녀는 그것을, 그대로 꾸욱 삼켰다.

동그란 눈에서 눈물이 찔끔, 발소리를 냈다. 하루 종일 짧아
진 발목으로 기어 다니던 나. 오늘은 그녀의 목구멍에서 내
가 차 넣은 발을 찾았다. 깨끗이 닦아 낸 나의 구두를 그제야
입 밖으로 밀어 올리며, 사랑해요. 많은 날 동안 소화불량에
시달리던 벌레, 그녀

—「벌레―그녀」에서

이것은 그녀의 실연(失戀)에 관한 아픈 고백인가. 상대로
부터 "지겨워"라는 말을 들어 버리고 작아진 그녀는, 제 존
재의 부피를 마치 "벌레"와 같이 느낄 만도 하다. 그런데
거듭 읽을수록 이 이야기는 연인 간의 이별을 전제하는 것
만은 아닌 듯하다. 이렇게 읽어 보면 어떨까. '그녀'는 '나'
의 다른 주체이고, '나'는 시의 화자로서 '그녀'로부터 이야
기를 끄집어내는 역할을 한다. '그녀'의 목구멍을 틀어막고
있던 "나의 구두" 혹은 수많은 구두점들을 발설하게 하는
'나'에게 '그녀'는 "사랑해요"라고 말한다. 풀어서 말하면 이
렇게 될 것이다. 시인(그녀)은 시의 화자를 통해서 제 몸 안
에 있던 이야기를 시의 언어로 발음하는데, 그것은 시인의
사랑에 관한 이야기이기도 하다.

과연 그러한지는 더 많은 시편들을 함께 읽어 보면서 계
속해서 질문을 던져 봐야 알 수 있겠지만, 조혜은 시의 화
자들이 "최소한의 공통점만 갖고 싶었지"(「자매들」)라고 하
면서 서로 다른 이야기와 서로 다른 감정들을 쏟아 놓는

데에는 이와 같은 질문 거리가 전혀 무용하지는 않을 것이다. 구두에 대한 이야기를 좀 더 하자면, 조혜은 시의 화자들에게 그것은 몸에서 꺼내는(발음되는) 것이면서 몸을 바꾸는(변형하는) 것이기도 하다. 시인에게 예의 그 몸이 시의 것이라 한다면 전자의 구두는 시로 학습된 문법을, 후자의 구두는 시라는 습관이 된 문법을 의미할 수도 있겠다. "기형이 된 엄지발가락을 가졌다는 건, 그만큼 많은 것들을 사랑했다는 이야기지"(「구두 ─ 낡은 구두들을 위한 이야기」)라고 말할 때 화자의 모습은 걸으면서 닳아 가는 구두를 떠올리게 한다. 마치 '나'라는 존재를 잃어 가는 일, 시력처럼 오래 써서 닳아 없어지는 것이 사랑이라 말하듯이(「달려라, 물고기 ─ 사내에게 쓰는 편지」) 조혜은 시의 화자들은 능수능란해지는 것과는 정반대의 방향을 향하고 있다. 오히려 마주칠 때마다 그들은 점점 단조롭게 되어서 서로 최소한의 공통점만을 갖게 되기를 바라는 듯한데, 그로써 조혜은이라는 시인만의 특별한 무늬가 생긴다.("당신을 다시 만날 때마다 갈라지고 갈라지고 갈라졌다", 「무늬를 가진 것들」)

그 구역들

몇 페이지를 홀쩍 넘겨 버리기도 하는 장시(長詩)에서 시인은 자주 시간과 공간을 닮은 글씨도 표기한다. 그런 시 편들에서 드러나는 것은 어떤 엄연함이다. 시로 구획된 표지의, 혹은 시라는 세계 속에서의 시공간도 지금 여기라는 현실의 그것과 엄밀하게 구분되지 못한다는 사실이 그것이다. 시인의 손끝에서 흘러나온 어느 때와 장소는 과거-현재-미래와 같은 시제로 범박하게 자리매김할 수 없을 뿐, 시가 놓인 현실의 어느 때와 장소에 기대어 있을 수밖에 없다. 그 점을 조혜은의 시는 응용하고 있다. 가령 시의 본문과 각주에 종종 등장하는 "복지관"은 현실의 장소를 그대로 옮겨 온 것처럼 보이지만, 그렇다고 그곳에 관한 사실적인 정보를 시를 이해하는 데 적극적으로 차용할 수는 없는 노릇이다. 다만 그 특정한 현실이 각주라는 기술의 방식으로 시의 본문이라는 비현실에 틈입해 있다는 정도로만 짐작해 볼 수 있다. 어느 구역의 '복지관'이라는 장소는 시에 쓰여 시와 시 바깥의 현실을 가름으로써 특수한 시적 공간으로 재생된다. 즉 조혜은의 시에서라면 복지관은 시도 시 바깥의 현실도 아닌, 그 틈을 지시하는 공간의 이름으로 읽혀야 한다. 이로써 조혜은의 시는 비현실의 시공을 기획하더라도 끝내 현실을 마감하는 방식으로밖에, 현실이라는 그 엄연한 시공을 새롭게 구획하는 일로써밖에는 달리 어쩌지 못하는 것이 시라는 점을 보여 준다.

일단 구획된 공간은 (비)의도적으로 밀폐되고 은폐되기 마련이다. 서랍이나 주머니와 같이, 따로 공간으로 구획됨으로써 그 구역들은 가구나 옷의 일부인 동시에 예외의 것이 된다. 구역은 예외 없이 예외의 장소가 된다. 그곳에 든 것들은 바깥으로부터 서서히 잊히고, 어느 날 문득 튀어나와 반가움보다는 당혹감을 준다. 그러니 구역은 이름과 빛을 잃은 것들이 차지하는 공간이라고도 할 수 있겠다. 가령 「우리 집에 놀러 오세요」에서 그려지는 공간은 "고시원"이다. "방 값을 할인"받기 위해 한가운데에 기둥이 있는 방, 창문이 있는 방이 각각 그곳에 사는 남자와 여자를 대변한다. 남자는 고시 공부를 하고 여자는 밝은 내일을 희망하며 미백 크림을 바른다. 고시원이라는 하나의 공간은 삶의 편리와는 무관하게 최소한의 구역을 최대한으로 구획한다. 끝내 불타 버린 고시원은 있을 수 없는 집, 놀러 갈 수 없는 공간에 대한 은유다. 이 시에서 남자의 "여기서 누구든 그렇게 큰 창문을 가지는 건 불법이란 말이야"와 여자의 "여기서 누구든 그렇게 큰 희망을 가지는 건 불법이란 말이지"라는 외침은 서로를 향한 말이 아니다. 이것은 고시원 바깥을 향한 외침이다. 저 두 번의 외침을 겹쳐 놓고 보면 창문과 희망만이 변주되고 다른 부분은 같은데, 그로써 이 시는 창을 내는 것이 더 이상 희망을 은유하지 못하는 시대를 겨냥한다.

회귀하는 장소들

구획되는 공간과 구역을 그 구역이게 하는 원리에 예민하게 반응하는 조혜은 시의 화자들은 결국 이 거대하고도 사소한 은/밀폐의 시대를 몸소 이야기하는 자들이다. 그러니까 시에서 구역은 벽이나 문과 같은 파티션으로만 이뤄진 것이 아니라, 어떤 사람이 살아 있는 곳을 이름 하는 장소이기도 하다. 또한 구역은 그 명명이 보여 주듯 그 자체에 이미 항상 지금 여기가 아닌 시공을 간직하는 자리다. 다시 말해 시에서 구역은 나눠지기 이전의 어떤 덩어리진 시공을 상상하게도 하는 이름이다. 구역은 구획되기 이전의 공간이 있었기에 가능한 자리이며, 조혜은 시에서 그것은 선조적인 시간까지도 구획하는 명칭이다. 이 시집에서 구역은 공간을 분할하면서 시간까지도 분할한다.

그런데 그 구역들은 왜, 어째서 공간으로부터 구획되었는가를 물어 보자. 구획된 공간은 조혜은의 시에서 「3층 B동」이나 「204호 미용실」이거나 「심해 사무실」이다. 이 특수한 구역이 어떤 기능을 하는지를 살펴보는 일은 동시에 그 구역이 애초의 공간으로부터 분리된 원인을 밝히는 일이기도 할 것이다.

3층 B동
많은 날 동안 나는 무기력하고 무능력한 스피커였다

아이와 블록을 놓을 때 빨간색, 노란색, 빨간색. 파란색 블록은 없나요? 다시. 빨간색, 노란색, 빨간색

  아이와 계단을 걸을 때 하나, 둘, 셋. 계단에 그어진 줄을 따라 걸을래요. 아니야. 하나, 둘, 셋

  마음만 먹으면 접을 수 있는 종이 같은 건 다시 되고 싶지 않아요. 하지만

  네가 만든 규칙에 네 발이 걸려 넘어진다는 것을 잊지 마라, 애야.

  자폐아동치료연구소는 3층입니다. 창문에 붙어 선 아이들은 습관적으로 손을 떨고. 맞은편 증권사 유리 위에 자신의 모양을 찍고. 아이들이 있는 세상에 가 보고 싶죠

  오전 10시 그리고 오후 5시
  돌아오지 않았어요

  연구소는 어디입니까?

                              ―「3층 B동」에서

긴 시의 끝 부분만을 옮겨 적었다. 특별하게도 이 시는 제목에서 보듯 3층 건물의 형식을 띠고 있다. 이 시의 진술은 굵은 글씨체로 각 층에 있는 장소를 구분하여 적고, 그

장소의 특색을 간략하게 나열하는 방식인 듯하나, 얼핏 단순하게 쓰인 것처럼 보일 수도 있는 형식이다. 하지만 한 번만 더 생각해 보자. 3층에 있는 어떤 장소에 다다르기 위해서 우리는 1층부터 차례차례 계단을 밟아 올라가야 한다. 그러다 보면 눈여겨보지 않아도 각 층에 무엇이 있는지를 알게 되고, 어쩌다 보면 3층에 오르는 중 다른 층에 들를 일이 있을지도 모를 일이다. 이 시는 '3층 B동'이라는 장소를 지정해 놓고 있지만, 실은 누구라도 목적한 그곳에 이르기 위해서는 그곳으로 향하는 길에 놓인 다른 장소들을 거칠 수밖에 없다는 당연한 사실을 담담하게 보여 준다. 이것이 어째서 그저 단순하게 쓰인 이야기라고 할 수 있을까. 장소는 그렇게 다른 장소를 거쳐서만 존재한다. 공간이란 서로 어깨를 걸고 있는 그 장소들의 과거형이었지만, 이렇게 그 장소들을 차례로 밟아 나가며 눈여겨봐 주는 어떤 눈에 의해서 다시 현재가 되고, 계속해서 미래가 되고, 무한하게 다른 시간 속으로 뻗어 나가는 우리들의 자리가 된다. 이 시는 '3층'짜리 'B동'의 어느 부분도 잘라 내지 않고 훼손하지 않고, 그리하여 오직 나만 소유하지 않고 너의 것으로 남겨 둔다. 그렇기에 '3층'과 'B동'이라는 객관적이고 개별적인 장소는 '3층 B동'이라 불리며 무한한 층계를 품은 공간으로 되물려진다.

이 시를 좀 더 가까이에서 들여다보자. 지면 관계상 인용하지 않은 부분에서, 이 시의 화자는 "지하 1층 옥인 인쇄사"와 "1층 수선집"과 "2층 多人 미장"을 들여다본다. 이 각각의 장소들에서 화자는 그곳을 대표하는 단어를 수집하여 마치 광고하듯("노란 간판에 하얀 글씨, 빨간 테두리로 말해요"와 같은 부분은 화자의 눈에 비친 낱말 하나하나가 꽤나 자극적으로 보인다는 것을 암시한다.) 간략하게 쓴다. 수선집은 "아동 수선, 어머니 리폼, 토털 의류 치료 업체"라고, 인쇄사를 "고급아동인쇄, 고속교사당일제본"으로, 미장원을 "아이에게 매일 다른 표정, 자연스러운 스타일을 선물하세요"라고 쓸 때, 각각의 상소는 시인에 의해 재편된다. 그곳들은 간판에 적힌 이름이 지시하는 것과는 다른 장면을 간직하는 장소가 되는데 무엇보다도 아이와 엄마("여자들")의 관계를 특별하게 보여 준다. 이 시에서 화자는 "잃어버린 발음"이나 "삼키지 못하는 모서리" 같은 수사를 통해서 소통이 불편한 아이의 상태를 암시하면서, 이 아이들과 말을 나눠 보려는 의지를 "문을 열면 여자들은 아이처럼"이라는 반복되는 구절로 드러낸다. 이 시에서처럼 말하는 일에서 자유롭지 못한 아이들에게라면 실상 모든 세계는 엄마의 자리로 놓여 있는 것인지도 모른다. 굳이 "자폐, 아동, 교육, 인지, 사회, 언어"라는 단어를 내걸고 연구하는 장소가 아니더라도, 그런 아이들에게 건네어지는 한마디 말이나 한 번의 시선이 모두 낯선 언어가 될 수도 있다는 말이다. 이 시의 화자의 시선이 요약해 내는 개별 장소의 특수성은 그러므로 매 층을 거치며 반복하는 "연구소는 3층입니다"라는 단언에도 들어 있다. 이 단언은 화자가 거치는 모든 장소가 '그 연구소'를 향하는 과정에 있음을 지시하는 동시에, 그곳은 쉽게 이를 수 없는 모종의 공간임을 암시한다.(실제로 수선집과 인쇄소와 미장원이 있는 저 건물은 한 층의 지하를 포함함으로써 3층이 없는 세 층짜리 건물로 볼 수도 있을 것이다.) 그리하여 연구소라는 명패를 달고 있음직한 그곳은 오히려 그 아이들을 배제하기 위해 존재하는 장소처럼 보인다. 달리 말해, 이 시에서 노골적으로 지시하는 "자폐아동치료연구소"라는 장소는 없는 곳으로만 있다. "아이들이 있는 세상에 가 보고 싶죠"라는 화자의 진술은 "오전 10시 그리고 오후 5시/ 돌아오지 않았어요"라는 바로 다음 진술에 이어져서, 자폐아를 학습시키는 연구실에서의 근무 시간으로 추정되는 하루 중 일곱 시간 정도를 사라진 공간으로 바꿔 놓는다. 그리하여 "연구소는 어디입니까?"라는 물음은 끝내 도달할 수 없는 곳에 대한 희구, 혹은 엄연히 존재하지만 망각된 공간에 관한 토로가 된다.

이 시의 화자는 아마도 자신이 근무하는 연구실과 그곳을 둘러싼 세상(다른 층)을 연구실의 존재 목적과 별반 다르지 않은 용도를 지니는 곳으로 바라본다. 그로써 자폐증이라는 특수한 증상을 모든 아이의 고유한 성격으로 생각해 보게도 한다. 대부분이 쉽게 말하는 현실이라는 세계의 모든 규칙에 끊임없이 의문을 제기하고 그에 반하는 자신만의 방식을 내세우는 아이들의 세계에서라면, 자폐증을 '치료'할 목적으로 구획되었을 저 연구실이라는 장소야 말로 계속해서 어느 곳이라는 애초에 목적한 바의 바깥에 놓인 자리로서만 지시할 수 있을 뿐일 것이다. 즉 구역의 특수한 목적에 종사하는 화자는, 역용(逆用)을 목적하기 위해서 그곳에 소용된다는 점에서 그 구획에 내재한 아이러니를 몸소 실현하는 자이기도 하다. 마찬가지로 없는 곳으로 존재하는 3층의 연구실과 같은 "204호 미용실"은 어떤 시간이 감겨드는 장소인가를 보자.

고막을 감겨 주던 여학생이 불평해요. 화장실에 가고 싶어요. 얘야, 들을 수도 있는데 말을 하면 되잖니. 손님을 두고 화장실에 가면 죽어요. 웨이브가 많은 남자를 사랑하면 되겠구나. 아니, 그게 무엇이든 잃어 보면 되겠구나. 화장실에 가고 싶어요. 사랑한 적 없는데 미용실에 올 수 있겠니? 아무것도 잃어 본 적 없는데. 손님이 되어 화장실에 가면 되겠구나

—「204호 미용실」에서

"204호 미용실"은 마음을 치유하기 위해 머무는 곳이다. 머리카락을 자르는 일로 지나간 시간과 단절하려는 태도는 '마음 아픈 일'을 겪은 자가 스스로 자신의 고통스러운 상태를 단절하려는 시도로서는 상투적이라 할 만하다. 그럼에도 이 시에서 미용실에 들른 화자와 화자의 머리를 감겨 주는 "여학생"의 만남에는 다소 특별한 데가 있다. 저 여학

생은 손님의 머리를 감겨 주고 바닥에 흩어져 있는 머리카락을 치우고 미용사의 잡다한 업무를 보조하는 일을 할 텐데, 화장실에 다녀올 틈도 없이 바쁘다는 그녀의 푸념은 손님으로 온 '마음이 아픈' 자들에게는 말 그대로 천진난만한 "불평"에 지나지 않을 수도 있을 것이다. 그럼에도 이 시의 화자는 그녀의 불평에 주목한다. 화자에게 그녀의 천진난만함은 무엇을 상실해 본 적이 없는 자의 것이라기보다는 무엇도 상실할 수 없는, 상실할 여유조차 없는 자의 것처럼 보이기 때문이다. 역설적이게도 그녀의 단순한 욕구는 미용실의 일을 그만두고 미용실의 "손님이 되어"서만 해소할 수 있다.

불만은 모종의 상실을 담보로 해야만 만족으로 뒤바뀔 수 있다는 것, 다시 말해 잃어버려야만 되찾을 수가 있다는 수상한 결핍감은 미용실에 입원한 자들이 지닌 "실어증"이라는 증상으로부터 비롯된다. 실어증은 어떤 외부적인 충격에 의한 심적 증상이다. 이것은 무엇보다도 자신을 지키기 위해 내부로의 통로를 굳게 걸어 잠근 것인 동시에 외부와의 소통을 거부하는 것이기도 하다. 시간의 측면에서 볼 때, 이별은 단순히 타자와의 단절을 뜻하지 않고, 그 타자와 관계를 맺었던 자신과의 단절을 의미하는 것이기도 하다는 점에서 실어증이 '204호 미용실'에 입원한 환자들의 고유한 증상이라는 것은 수긍할 만하다. 그 시간은 개인을 스스로 안팎으로 분할하고 달라진 자신의 외부를 받아들이는 방식을 통해서 내면을 치유하려 한다. 그들은 어떤 상실을 통해서 다른 상실에 대한 보상을 받는 중이다.

지극히 현실적인 장소를 통과해야만 만날 수 있는 공간이 있고, 그러한 공간에 대한 상상이 조혜은의 시를 추동한다고 할 때, 한 편의 시는 그 자체로 곧 익숙한 미지가 된다. 가령 "심해 사무실"이 그런 곳이다. 사무실이라는 현실의 공간이 심해라는 가상으로 미끄러져 들어가는 게 아니라 거꾸로, 육박해 오는 생생한 현실을 견디는 중에 그곳이 한순간 현실의 심연처럼, 현실이라는 명명에서 제외된 구역처럼 느껴질 때가 있다는 말이다.

창문을 열어도 숨이 막혀 죽을 지경이야. 책상 위, 모니터 앞에 숨어 삼각형으로 팔을 구부린다. 우리가 만든 관계의 꼭짓점에서 의문처럼 기포가 발생할 때

우리는 어디서 왔을까? 서랍 속에 꼭꼭 숨겨 둔 밀폐용기를 열어 기묘하게 뒤틀린 오늘을 확인한다. 환기구는 어디 있을까? 내일은 또 얼마나 익숙할까
　　　　　　　　　　—「심해 사무실 — 겁쟁이 새우」에서

심해에서만 사는 동물이 몸소 증명하듯, 빛과 소리가 사라진 곳에서는 눈도 귀도 소용이 없어진다. 이토록 당연한 삶의 방식이 때로는 처연한 삶의 현장으로 떠오르기도 한

다. 이 시에서 보듯 "심해 사무실"은 현실을 은유하는 가상의 공간이 아니라, 마치 가상처럼 보이는 현실의 한 구역이다. 파티션으로 구획된 각자의 좁은 자리에서 온종일 웅크리고 살아가는 사람들은 모니터 속의 세계를 관망하는 일로써 숨어 숨을 쉰다. 기지개까지도 구획된 각자의 자리에서 하다 보니 각자의 포지션이라는 것은 서로 다른 도형을 그릴 수밖에 없게 된다. 실상 대부분의 사람들은 자신이 어느 특정한 장소에 속함으로써 고유한 정체성을 획득하게 된다고 믿기도 한다. 그러한 존재들을 한 곳에 깊숙이 속하게 되어서 특정 부분이 퇴화되어 버린 생물의 모습에 비유할 수도 있지 않을까. 사람들은 사회의 구획에 관한 기획이 촘촘해질수록 그 구획에 속하기 위해서는 적응이라는 미명 아래에서 자신을 최대한 잃어버려야 한다는 것을 체감하고 있다. 그럼에도 그것이 최선이라고 애써 눈을 감고 귀를 닫는다. 저마다 다른 존재가 공간을 장악하는 것이 아니라, 공간이 존재를 규정하는 상황이 현실이라는 이름으로 엄연하게 펼쳐져 있기 때문이다.

이 시의 "우리는 어디서 왔을까?"라는 물음은 아마도 자신이 당면한 숨 막히는 현실로 구획되기 이전의 어떤 공간에 대한 희구라고 해도 될 것 같다. 현실은 "서랍 속에 꼭꼭 숨겨 둔 밀폐용기" 안에 있고, 저마다 은밀하게 "확인"해야만 하는 것이 되었다. 자신이 존재하는 곳을 있는 그대로 자신의 현실로 받아들이지 못하는 태도와 밀폐용기와 서랍이라는 겹겹의 장소로 자신을 감추고 실제의 삶은 그렇게 은밀하게만 보존될 것이라 여기는 태도가 개인의 "오늘" 위에 겹쳐져 있다. 사회를 구성하는 개인은 자신을 밀폐용기에 넣어 사무용 책상 서랍 깊숙한 곳에 감춰두고 보존한다고 믿지만, 그럴수록 그의 시간은 예상하지 못한 방식으로 "기묘하게 뒤틀"리게 될 뿐이다.

　개인으로서의 존재는 이처럼 자신과의 불화를 겪는 삶에서 어느 정도는 체념한 듯하다. 이 시에서 '심해'는 어둡고 적막한, 흔히 세계라고 하는 수면 위의 밝음이나 소란스러움과는 대조적인 공간을 은유한다. 흥미로운 것은 세계와 유리된 그 같은 곳이 화자가 처한 저 갑갑하고 부조리한 사무실의 풍경과 다르지 않다는 점에 있다. 사무실이라는 반듯한 공간은 하나의 세계를 구성하는 특유의 구역으로서 세계의 축소판이라 할 텐데, 화자와 같이 사무실의 일원은 그 세계와의 심리적인 거리감을 드러냄으로써("사무실은 너무 멀리 있었다", 「심해 사무실 ─ 심해 오징어」) 결국 그 세계의 균열을 몸소 보여 준다. 이 시의 화자와 같이, 자신이 몸담고 있는 사무실 혹은 세계가 매 순간 낯설고, 심지어 자신의 삶을 보존하게 하기는커녕 위태롭게 만들기만 한다는 인식은 언제부턴가 너무나 일상적인 것이 되어 버린 게 아닐까.

　　우리는 어두웠다

혼자 니글나 시나가 버린 외로운 감정들을, 더러운 커튼 사이에 모조리 끼워 넣고

희미해진 발의 자국을 어떻게 알아볼 수 있을까요

아내는 나의 입을 통해 나오는 사실은 자신의 목소리로

화장이 벗겨지면 서로를 알아볼 수 없을까 봐 걱정이에요

얼굴을 감싼 두터운 어둠을 털어 내려 자꾸만 삐걱이는 아내에게

자기야말로, 자꾸 그렇게 움직이면 닳아 없어질지도 모르오 — 오

가구를 옮기며

이 문을 넘으면 완벽한 세계가 기다리고 있겠지, 시체처럼

─「이사」에서

어쩌면 조혜은의 시가 일관되게 유지하는 관점은 일상적으로, 당연하게 여기는 것들에 대한, 즉 이 세계의 상식이라는 것들에 대한 일종의 '그리움'이라고 할 수 있을지도 모르겠다. 이 그리움은 이전에 있던 무엇에 대한 회상과 같은 것도, 이후에 있을 어떤 것에 대한 기대와 같은 것도 아니다. 오히려 이 그리움은 지금껏 그래왔듯 앞으로도 영원히 없을 것에 대한 인정, 혹은 체념과 같은 정감처럼 보인다. 이 시에서 보듯 '완벽한 세계'는 '죽은 몸'과 같다. 완벽함이라는 관념은 그것이 상정하는 어떤 형식을 애초에 불가능하도록 만든다. 현실이 어쩔 수 없이 뒤틀려 있고, 개

인은 모두가 불온할 수밖에 없다는 인식 또한 그 완벽에 대한 강박에서 비롯된 것일 수도 있다. 불온함이 모든 존재의 기본 조건이라고 인정하거나 체념해 버린다면, 불온함의 정도나 방식이 있을 뿐 완벽하지 못한 것에 대한 공포나 불안으로 인해, 즉 완벽에 대한 결벽에 의해 계속해서 불온한 것을 위한 구역을 만들고 집단으로 나뉘고 서로를 경계하는 일이 개인의 삶의 터전을 위협하는 일로까지 치닫지 않을 것이다. "산은 멍처럼 까맣고, 가로등은 비현실적으로 멀고, 집들은 작아서 아름다웠다"라는 이 시의 진술은 너무나 아무렇지도 않게 할 수 있는 말이라서, 지극히 평범해 보이는 토로라서, 아프고 슬프다. 두 개의 쉼표로 이어진 이 하나의 문장이 자아내는 풍경이 있지만, 그 전에 그 풍경을 바라보는 화자의 눈을, 또한 그 전에 그 시선이 그곳에 있게 하는 마음을 떠올려 보자. 화자의 시선이 머무는 곳, 혹은 마음이 가닿는 단어는 어디일까. 과연 "멍처럼", "비현실적으로", "작아서"와 같은 단어가 아무렇지도 않고, 평범하게만 느껴지는가. 이처럼 어떤 식으로든 답할 수가 없고, 거듭 다르게 물을 수밖에 없는 풍경을 그려 보이기 때문에, 조혜은의 시에서 만들어 내는 공간은 기어코 완성되지 못한다. 그리고 그것이 시간과 구분하여 생각할 수 없는 공간의 본질에 연관한다.

저 작고 멍든 공간이 아프고 슬픈 이유는 누군가와 공유할 수 있는 시간이 저곳에 고여 있기 때문이다. 조혜은의 시에서 공간은 함께 있는 때의 다른 밀미기노 하나. 어떤 시간을 공간으로 체험하는 것은 어쩌면 사사로운 일일 것이다. 우리는 사랑하는 사람과 함께하는 시간을 마치 천국처럼, 방문해 보지 못한 미지의 공간으로 미리 경험하기도 한다. 조혜은의 시가 종종 시간과 장소로, 연과 행을 구획하면서 진행될 때, 그 속에서 읽을 수 있는 것은 다가올 희망과 지나간 절망이 개인의 인생이라는 하나의 시간 속에 얽혀 들고, 그 시간이 다시 옆에 있는 누군가의 인생과 뒤섞이는 체험이다. 공간이라고 쓰고 공감이라고 읽을 만한, 이 공유된 시간은 어떤 주기를 그려 내면서("기억과 망각의 주기 혹은 학습과 각성의 그래프", 「밀폐용기 속의 아이들」) 하나의 기억이나 학습이 단순하게 지속이 불가능한 이유를 보여 준다.

아이들

'아이'의 역할이 그렇다. 이때의 아이는 화자가 속한 세계의 내부에 있으면서도 그 세계의 바깥을 상상하게 하는 존재다. 서랍이나 호주머니처럼 한 세계의 본체에 속해 있으면서도 애초에 분리된 실체(失體)처럼, 아이는 그가 속한 본체를 고정된 한 세계로 그려 내는 일을 지속적으로 방해하면서 그것이 또한 본체의 본질적인 속성임을 증명하는 존재인 것이다. 그러니 조혜은의 시에서 자주 등장하는 아이들은 한 편의 시에 등장하는 화자의 다양한 주체들처럼 보이기도 한다. 같은 맥락에서 "아이들의 세상에 가 보고 싶죠"와 "아이들이 있는 세상에 가 보고 싶죠"(「3층 B동」)라는 화자의 말은 엄밀하게 구분되어야 한다. 전자의 세계는 화자가 지시하는 그 '아이'가 아니면 알 수 없는 곳이고, 후자의 세계는 전자의 아이들을 분리하거나 배척하지 않고 당연하게 공존하는 곳이다. 그렇다면 화자가 살고 있는, 이쪽에 가장 가까운 세계는 어떤 곳일까. "나는 도시에는 없는 아이들의 얼굴을 떠올려 봐요"(「구두코」)라는 화자의 또 다른 진술을 통해 그곳은 우선 '도시'라 부름직한 공간이라고 생각할 수 있겠다.

　　내가 가장 오래 상상한 것은 그 애의 메마른 등

　　목말라. 점심으로 먹은 몇 개의 과자처럼 그 애가 봉지에 담겨 부스럭거릴 때 나는 온몸이 가려웠다. 목말라. 누구는 밤이면 떨어지는 물소리를 듣는다고 했어. 꿈속에선 그 애를 닮은 별들이 자주 노린내 나는 내장을 흘렸고. 오래 누운 흉터처럼 눅눅해진 자국들이 잦아들 때, 생각지도 못한 아침이 왔다

　　그 애의 손톱 밑에 남은 과자 부스러기처럼

내가 가장 오래 흔동힌 깃은 뒤룩뒤룩 꼉그린 그의 넛눕지

너희는 가만히 있지를 못하는구나. 그는 자주 히스테리를
부렸고 나는 온몸이 가려웠다. 웃어? 내 말이 말 같지 않아?
그는 말처럼 발을 굴렀다. 누구는 그곳에서 학대받는 가축의
분뇨 냄새를 맡는다고 했어. 뉴스에선 주기적으로 우리의 시
력을 확인했다. 모자이크 뒤에 숨은 얼룩이 작년의 그 애인
지 새로운 그 애인지 그도 아니라면 혹시 아주 오래전 그는
아닐지
    기억과 망각의 주기 혹은 학습과 각성의 그래프처럼
    말발굽 소리만 바꿔 든 얼룩들은 해마다 반복해서 안방을
찾아왔다

    그러나 내가 가장 오래 익숙한 것은 누군가의 비극에 전
염되는 일

    불쌍해. 나는 밀폐용기처럼 그 애들을 가두었을 학습된 무
기력을 공상했고. 사기야! 그가 그 애의 식판 위에 무엇을
놓았고, 무엇을 빼앗았을지, 그 애와 나 사이에 존재했을 공
백들을 노려봤다. 그 애들이 뭘 알아. 누군가는 그곳에서 잘
다져진 우월감을 소화시키듯, 그 애들은 우리를 반가워해,
머릿속에 미리 그려놓은 완벽한 설계들을 팽창시켰고. 나에
게도 그들은 우리보다 착하고 우리와는 다른 명암의 옷을 입

은 소외된 아이들

그 애들도 모르는 실밥 풀린 상처를 세탁한 옷 속에서 찾
아낼 때

나 역시도 위안의 거짓말로 만족의 회전수를 늘려 가는,
이해할 수 없는 환상적 불행의 도취자였다

하지만 내가 가장 오래 의심한 것은 그 애의 세계와 나의
세계 사이에 있는, 흡수되지 않는 관계의 틈

—「밀폐용기 속의 아이들」에서

'도시에 아이가 없다'는 역설은 농촌에 젊은이가 없다
는 사회학적 진단을 상기시키면서 동시에 도시에 살고 있
는 아이를 아이가 아닌 다른 존재로 상상하게 한다. 엄연
한 아이에 대한 정의를 전복하고 새로운 아이를 떠올리는
일로써 저 역설은 다시 '아이는 도시에 없다'로 읽을 수도
있겠다. 도시란 단위 면적당 인구수나 정치와 경제와 문화
의 중추적인 역할을 하는 곳으로 정의되지만, 실상 그 내
부에서 살아가는 사람들에게 도시란 그와 다른 곳일 것이
다. 무엇보다도 도시에는 얼굴이 없다. 수많은 얼굴들을 마
주하며 살아갈 수밖에 없는 도시에서는 스쳐 지나가며 뭉
개져 버린 얼굴이 아닌 누군가의 정면을 마주보기는 어렵
다. 그리하여 누군가가 다른 누군가를 떠올릴 때 "등"이나
"뒤꿈치"를 먼저 생각한다는 것은 도시민의 자화상이 그런

단편적인 뒷모습으로만 채워지는 것이 타당하다는 것을 방증한다.

저마다의 얼굴을 지우고, 도시라 불리는 이 세계는 무엇으로 채워져 있는가. 일단 도시라고 부르기로 했지만 어떤 화자는 그곳을 "밀폐용기"라고 말하기도 한다. 그 밀폐용기라 불리는 세계에서 화자는 어떤 상상을 통해 누구를 마주보려 하는 중인가. "상상" 속에는 "그 애"가 있다. 화자는 그로 인해 종종 목이 메고 몸이 가렵다. 부스럭대는 그의 기척이 화자를 잠 못 이루게 하고, 잠이 들면 끝이 없을 듯한 악몽으로 살아난다. 오지 않을 것 같은 아침과 잠들지 못하는 밤이 반복되며 화자를 괴롭힌다. 그것은 그렇게 화자의 삶에 보이지 않는 어떤 흉터로 기록된다. 그와 같은 "혼동" 속에 있는 그로 인해서 화자는 자주 시험에 들기도 한다. 화자의 내밀한 자리("안방")까지도 침범하는 것은, 오래전부터 지금에 이르기까지, 또한 앞으로도 계속해서 그럴 것 같은 어떤 '주기'와 '지속'을 입을 "숨은 얼룩"들이다. 이 얼룩으로 인해, 혹은 그것이 얼룩이라서 화자의 시선은 교란되고 그를 괴롭히는 상상과 혼동만이 화자에게 "익숙한 것"이 되어 버린다.

이처럼 밀폐용기라고 불리는 한 세계는 그 곳에 속한 자에게 "비극에 전염되는 일"이란 곧 어떤 이물감으로 존재했던 직관들이 반복이라는 논리를 통해 익숙한 것이 되어 버리는 일과 다르지 않다는 것을 실감하게 한다. 그 비극이란 가령 특정 구역을 만들고 그곳에서만 이뤄지는 특별한 학습이나 위안을 제공받는 아이들이 있는데, 그것은 실상 그 구역에 그 아이들을 가두고 그 구역 바깥에 있는 자들을 보살피는 일에 불과해서, 아이들에게 행해지는 반복 학습이 보여 주듯 구역은 안팎의 모두에게 무용할 뿐만 아니라 어떤 죄의식을 주입하게 되는 메커니즘을 갖는다. 말끔하게 은폐된(한) 그 사실을 발견한 자는 어쩔 수 없이 그 구역이 만들어 내는 틈 속으로, "환상적"이라고 할 수밖에 없는 그 설계의 공백 속으로 밀려들어 간다. 그렇게 오래도록 어떤 징후로만 감지되던 것이 "목격"되는 순간, 의심이 현실이 되는 순간 비극이 생겨난다.

거듭하며 지속할 수만 있을 뿐, 한 번 생겨나면 단속할 수 없는 것은 비극의 법칙이자 구역의 속성이기도 하다. "나에게도 그들은 우리보다 착하고 우리와는 다른 명암의 옷을 입은 소외된 아이들"이라고 말할 때, 그 애는 그들이 되고 그 아이들은 '우리'라는 구역 바깥으로 밀려난다. 하지만 이 시가 말하려는 바는 교육과 보호라는 미망을 덧입은 채 차별되고 차별받는다는 사실조차 은폐되는 구역으로 밀폐된 곳에서 살고 있는 아이가 있다는 식의 고발이 아니다. 이 이야기가 비극인 이유는, 그것이 여기서 끝나지 않는다는 데 있다. 비극의 중심에는 마치 운명처럼 해소되지 않는 갈등이 있다. 누군가가 이 시의 화자에게 일러 주듯 "그 애들은 이제 모두 더 좋은 시설로 옮겨"지고 "이제 더 이상 차별받지 않"는다고 하는데, 바로 이 지점, '이제'나 '더'라는 부사가 증언하는 것을 화자는 놓치지 않는다. 저 부사가 샘솟는 지점에서 그 아이들과 한 세계의 해소되지 않는 갈등, 운명과 같은 시간이 선명하게 돋아난다. 앞선 부사들이 증언하는 것은 일종의 악순환이다. 그래프에 기록된 수치나 계약서에 표기된 글자로 증명되는 객관적인 지표의 변화가 그들의 사정을 설명하려 할 때, 달라지는 것이나 옮겨지는 것은 의심의 내용일 뿐이다. 이제, 더, 나아졌다고 잘라 말하는 저 사정에는 다음에, 더, 나아질 여지가 있지만 그것까지는 언급하지 않겠다는 의뭉스러움이 있다.

한 세계를 밀폐용기라고 말할 때, 말하는 자가 그 세계의 안에 있든 밖에 있든 보존되는 것은 없다. 단지 그 숨막히는 구역의 경계만이 엄존하는 가운데, 안에서는 밖을, 밖에서는 안을 상상하고 짐작할 뿐이다. 그 상상만으로는 안팎을 구획하는 세계의 관계가 변하지 못한다는 사실에 더하여, 그 상상이 끝내 환상으로 변질되고 양쪽이 끝내 서로를 제대로 바라보지 못하는 상태로 유지토록 하는 시간만이 비극으로 지속된다. 그러니 내용물을 보존하는 동시에 내용물이 바깥으로 흘러나오지 않도록 특수하게 제작된 밀폐용기의 역할을 한 세계에 빗대어 이야기하는 것은 적확할 뿐더러 적나라하다. 밀폐용기라고 말할 때 생기는 이중의 환상, 즉 밀폐된 용기 속에 든 것은 변질되지 않는다는 환상과 그것은 밀폐되어 새어 나오지 않는다는 환상이 반대로 그 절망의 자리에 균열을 만든다.

틈은 틈이라는 공간으로 있을 뿐이지만 예외적으로, 어떤 시간을 통해서 "전염"이라는 특수한 공간으로 변질된다. 전염은 단순히 무엇이 다른 무엇으로 옮겨 간 현상을 지시하는 말로 이해할 수 없다. 그것은 밀폐된 구역의 바깥으로 스며나오지 못하도록 차단된 것들의 '흔적'을 증명하는 방식이기도 하다. 전염은 직접적인 접촉에 기인하기도 하지만 그보다는 가시적으로나 통계적으로 짐작하기 어려운 방식, 즉 예기치 못한 직면에서 비롯되지 않던가. 계산된 반복으로서의 주기로는 간과할 수밖에 없는 스밈과 번짐이 낯설고도 유일한 선 하나를 긋는다. 틈을 채우면서 틈을 틈으로 있게 하는, 공간을 만드는 그 새로운 방식이 이 시의 화자가 "가장 오래" 상상하고, 혼동하고, 익숙해하며 의심했던 것이 아닐까.

선생님에게 이름을 알려 주세요. 부모님은 어디 계시니? 토요일. 기꺼이 변형을 참아 내는 아이들. 선생님에게 들려 주세요. 복지관 수업이 끝나면 왜 점심은 먹지 않니? 저요 저요 저요. 들리는 모든 것은 동그라미. 아이들은 사소한 물음에 손을 늘이고. 서로의 꿈을 헤집어 본다. 모르는 것들을, 그저 모르는 것으로 남겨 두려는 모든 의뭉스러운 아이들. 쓰다듬어 본다

—「셋의 풍경 — 토요일」에서

그러니까 모르는 것은 그저 모르는 것으로만 남겨둘 때도 있어야 한다는 말이다. 이것은 정답을 회피하라는 말이 아니다. 정답을 강요하거나, 그 과정에서 발생하는 폭력적인 통제는 거부될 수도 있다는 말이다. 저마다가 가진 해답이 있고, 그 오답들이 정답이라는 획일화의 폭력 없이 활기차게 솟아오를 때를 기다릴 줄도 알아야 한다는 말이다. 그때, 복지관에서 특수학교에서, 그 의뭉스러운 구역에서 아이들은 어떤 "변형"을 겪는가. 아이들이 겪는 이 변형이란 일종의 수동적인 변화를 의미하지만, 이때의 수동태는 능동태보다 더 능동적인 격이라고 할 수 있다. 하나에서 다른 하나로의 변화 상황을 가정하고, 변화 대상에게 가해지는 외부적 영향과 그 대상 내부의 변화 계기의 유무를 통해 그 변화가 수동적이냐 능동적이냐를 가를 수 있을 것이라는 판단 아래, 저 "기꺼이 변형을 참아 내는 아이들"이라는 말은 의미심장하게 보인다. 여기서의 변형은 변화의 조건(수업의 목표)을 순순히 받아들이고 따르는 대신에 그 변화의 목적(학습의 기대 효과)에 반하는 방식으로 나타나기 때문이다. 이것을 "셋의 풍경"이라고 말할 수 있을까. A는 어떤 조건을 통과해서 B라는 목적에 무사히 도달해야 하지만, 그것은 어른들의 계산일 뿐이다. 아이들은 그 조건과 목적을 "사소한 물음"으로 남겨 놓고 자유롭게 C라는 세 번째의 새로운 세계에 이른다. 그러니 조혜은 시의 아이를 다만 생물학적인 나이로 판단하지는 말아야 하겠다. 앞서 읽은 시편들에서 누누이 밝혀진바, 화자가 호명하는 '아이'는 화자가 이르고 싶은 세계에 살고 있음직한 존재의 이름(i)이자 미지의 그 존재를 향한 부름(!)이라고 하겠다.

시의 자리

너를 위해 쓰는 시
낯선 단어를 주워 방수를 가득 채운 나의 눈은, 언젠가 너에 대한 압력으로 터져 버릴 거야
시가 되는 지점을 찾지 못했어
그건 지나간 노랫말이거나 너에 대한 지나친 관찰기록일지도 몰라

우리에게도 당연한 것들을 배울 시간이 필요했다

마지막 시험이 있던 날은 비가 많이 내렸고
나는 예정된 죽음을 맞았던 할아버지의 눈 속에서 실기시험을 치렀다
　　──「1학기 기말고사 ─ 발달 장애 아동을 대상으로 한
　　　　　　　　행동 수정 기법」에서

이제 아이는 시인이 된다. 이 시에서 "나"는 학교에서

'발달 장애 아동'에게 무엇을 가르쳐야 하는지를 배우고 시 럼을 치르면서 아동의 역할을 몸소 실습한다. "이렇게 해 보세요"라고 지시하며 지시 대상이자 주체가 되는 순간, 즉 아동의 역할에 몰두하는 순간에 '나'에게 엄습하는 것 은 가족에 관한 기억이다. 의자 위에서 뛰어내리는 찰나에 '나'는 만나 보지도 못한 "죽은 할아버지"를 마주친다. 이 처럼 없었던 일을 기억한다는 것은 경험과 상식으로 구축 된 현실의 틈을 감지해 버린 자의 감각일 것이다. 의자와 바다 사이의 허공에 머무르는 그 일순간에 상기하게 된 유전 (遺傳)의 기억은 떠오름과 떨어짐의 반복이 부질없이 지속 될 것이라는 미래에의 예감이기도 하다. 이 시에서 반복해 서 진술되고 있는 '비'가 가족에 대한 기억과 교차하고 있 다는 것이 그에 대한 유일한 근거일 것이다. 한편으로 유독 비가 많이 내렸던 날에 '나'는 허공에 뜬 한 줄기 비처럼 자신을 아득히 잃어버렸을 것이고, 다른 한편으로 그 무아 지경의 찰나에 '나'는 삐뚤어진 아빠와 만난 적도 없는 할 아버지를 간단한 하나의 역사로 체험했을 것이다.("모든 건 얼굴도 본 적 없는 친할아버지의 죽음처럼 예정된 일이었다") 그 모든 것, '나'의 전생(全生)이 "낡은 복사기"처럼 버튼을 누르는 '나'로 인해 무수한 빗줄기처럼 '나'가 되어 떨어져 내린다는 것을 그 순간의 '나'가 알아채 버렸다고 할 수 있 겠다.

"많은 비가 내리기 전에 나는 더 간단해져야 했다"는 반

성은 실습 중인 '나'에게 아동에의 몰입도를 높여야만 했다는 말로 들리지만, 또한 가족이라는 단선적인 시간으로부터 벗어나 그 시간에 용해되거나 스며들지 않는 다른 시간으로 탈주해야 했다는 말로도 들린다. 그곳은 '나'에게 유전의 역사에 난 흠집과 같은 곳이다. 자신을 부정할 수 없고, 오히려 자존의 공간을 갈구하는 아이에게 가족을 객관화하면서 보아 버린 그 틈은 유일하게 자신을 지키면서 자신을 회피할 수 있는 공간일지도 모른다. '나'는 틈을 메우며 틈을 지시하는 것이 되어 가족이라는 낙수의 시간을 견디기로 한다. 그 견딤의 방법이 '나'의 시간을 객관화하고('나'를 '너'라고 부르고) 그것을 새로운 언어로 적는 일인 것이다.("낯선 단어를 주워 방수를 가득 채운 나의 눈은, 언젠가 너에 대한 압력으로 터져 버릴 거야")

이처럼 세상의 모든 시는 어쩌면 '너'라는 '나'를 부르고 바라보는 '나'의 이야기일지도 모른다.("그건 지나간 노랫말이거나 너에 대한 지나친 관찰기록일지도 몰라") 자신의 시간에 난 균열을 견디지 못하고 스스로 균열이 되어 버리기로 작정한 때에, '나'는 자기만의 생을, 유일한 공간을 획득하게 되는 게 아닐까. 더불어 '시'로써 쓰임직한 시공간이라면 그것은 언제 어디서든 스치고 지나가 버려서 알지 못했던 당연함으로, 마주보지 못했던 얼굴로, 발견되지 않는 지점으로 존재할 것이다. 그렇다면 시는 미처 시로 쓰지 못하고 남는 자리에 있다고도 하겠다.

자꾸만 모자 밖으로 튀어나와 모자 속으로 나를 끌어당기
는 할머니. 저리 가요. 할머니를 발로 차서 던져 넣고 나는
모자를 뒤집었다. 모두 잊었다고 말했다

　몰래 모자를 뒤집었다

　모자를 뒤집었다
　　　　　　　　　　　　　　—「모자 — 은폐에 대하여」에서

　이 시에서 모자는 모자(hat)거나 모자(母子)다. 미처 시가
되지 못하고 남음으로써 한 편의 시가 되는 것이 조혜은
의 시에서는 가족이 아닐까. 다른 시어가 되지 못하고 고
스란히 할머니와 아빠로 돌아오는 것, 그로써 '나'로 하여
금 아이를 호출하게 하는 것은 포근한 이부자리처럼 생긴
저 "모자"다. 그러나 모자는 아이를 온전히 감싸주지 못하
여서 아이의 일부분은 모자 바깥으로 '삐죽' 튀어나오기
일쑤다. 제 안의 아이를 거듭 발견하는 '나'는 모자를 말하
기 위해, 그 말을 뒤집고 또 뒤집는 일을 반복한다. 마치 이
부자리에 누운 자가 전전반측하듯, 모자를 뒤집는 행동은
'나'에게 어떤 기억을 잊기 위해 그것을 계속 상기하는 일
과 같아 보인다. 그렇게 모자라는 사물/말에 붙박인 기억
은 '나'의 뒤척거림 때문에 거듭 '나'의 머리를 관통함으로
써("마비된 기억 하나가 머리를 뚫고 지나갔다"), 결국 '나'의

머리가 곧장 모자라는 기억을 삐죽 내어놓고 어쩌지 못하는 꼴이 되는 것이다.

이렇게 시의 공간에서는 말하려는 일이 은폐하는 일이 되고, 그 반대의 경우가 거듭 일어난다.("나는 말하려 한다", "나는 은폐하려 한다",「광화문 광장의 서커스 ― 은폐에 대하여」) 가령 가족에 관해서라면 그것을 말하기 위해서는 객관화 작업이 먼저 일어날 수밖에 없으므로, 그때는 말하는 것이 곧 망각하려는 시도의 일환일지도 모른다. 이것은 거꾸로, 잊어버리지 않기 위해서 거듭 말을 하다가 저도 모르게 왜곡하게 되는 기억의 역설이기도 할 것이다.

이렇게 '나'로부터 뒤집어지고 멀어지는 곳에 시의 화자가 말/은폐하고자 하는 것이 있다면 시는 그 이야기/은폐된 것이 거듭 '나'에게로 돌아오는 방식으로만 간신히 존재한다. 그러니 시의 자리는 고정되어 있지 않고 나타났다 사라지는 형식으로 있다. 그것은 은폐되고 말해지는 것 사이에 가로 놓인 빗금처럼 발음할 수 없는 발음과 같다.

이해할 수 없는 너에게로 동화되는 나. 너는 사랑한다. 나는 그렇지 않다. 하지만 나는 발음할 수 없는 나, 선생님 우리는 어떻게 발음해야 하죠? 이 말과 저 말 사이의 투명한 날씨와 목 뒤로 부풀어 오르는 꿈들. 너에게로 순행하는 나. 너는 사랑한다. 사랑은 그렇지 않다

너는 내게 발했다. 사랑은 아 더하기 너

우리는 아 더하기 너

　　　　　　　―「발음되지 않는 엽서」에서

　조혜은의 시가 일러주는 하나의 명제는 시는 "발음되지 않는 엽서"라는 것이 아닐까. 그녀의 시에서 대부분의 '나'는 "이해할 수 없는 너에게로 동화되는 나"이다. '너'의 말을 읽거나 들을 수 없는 '나'로서는 '나'에게 주어진 모든 언어를 활용해서, 바닥에 떨어져 있는 카드까지 주워들고 '너'를 이해하려 안간힘을 쏟을 수밖에 없다. 쉽게 이해할 수 없는 '너'는 '나'의 다른 이름이고, '너'의 어눌한 발음은 '나'의 것이기도 해서 '너'가 '나'에게 보냈을, '나'가 '너'에게 읽어 주지 못할 그 엽서에 쓰인 것이 시라는 현존이다. 그렇게 매번 어긋나게 쓰이고 어긋나게 읽힘으로써 단 한 번 제대로 발음되기를 기대하는 것이 "사랑" 아닐까. 혹은 "우리"를 발음하기 위해 동그랗게 모은 입술 모양 그대로 '나'를 길게 발음할 때 닿게 되는 '너'의 영역이 아닐까.("내가 공기를 들이마시고 성대를 진동시키는 건 네가 있는 영역에 전달되고 싶기 때문이야")

　이처럼 쓰고 읽고 사랑하는 일에서 상기할 수 있는 것은 시인의 몸이라는 단 하나의 무늬다. 그 무늬는 무수한 화자들이 서로 다른 진술들로 본뜬 어떤 구획과 구역과 그곳에 스민 틈의 흔적인데, 시인은 그 모두를 자신의 시간으로 감싸 쥐려는 듯하다. 조혜은의 시는 공간을 구획함으로써, 분절되고 뒤섞인 시간의 형용을 기획하려 하지 않았던가. 어떤 시간을 잡아채는 방식은 항상 운명처럼, 낱낱으로 흩어진 기억들을 그곳으로 소급하는 한순간으로 나타난다. 그처럼 하나의 공간을 구획해서 어떤 구역들을 만드는 일은 언제나 우리의 예상을 전복하는 방식으로만 가능할지도 모른다. 구역들이 무한하게 하나의 공간을 구획하듯, 어떤 시간이 전생(全生)에 새겨진 시간의 무늬를 수렴한다. 나눠진 장소들이 애초의 공간을 상상하게 하듯이, 단번에 생겨난 어떤 마음이 모든 어둠을 헤아릴 수 있을 것만 같은 손이 된다. 가령 늦은 저녁에 집으로 돌아가는 지친 사람들이 가득한 버스 안에서, 나는 너의 두껍고 친절한 손을 떠올리다가 그 버스에 타고 있는 사람들뿐만 아니라 그 몸들에 스쳤을 손들을 예감하는 것이다.("나의 손자국이 켜켜이 쌓인 너의 몸이 차례차례 들어앉아 있는 밤", 「손 2」) 이처럼 존재하는 것이 존재하지 않는 것을 존재 가능한 것으로 만드는 논리, 그 형용모순의 기술이 조혜은의 시를 관통한다. 장담컨대, 이 시의 화자들이 들려주는 그 은밀하고도 역동적인 이야기는 우리의 삶 어딘가에 어느새 스며들어 있을 것이다.

조혜은

1982년 서울에서 태어났다. 강남대학교 특수교육학과를 졸업했고
2008년 《현대시》에 「89페이지」 외 2편의 시를 발표하며 등단했다.

구두코

1판 1쇄 찍음 · 2012년 12월 24일
1판 1쇄 펴냄 · 2012년 12월 31일

지은이 · 조혜은
발행인 · 박근섭, 박상준
편집인 · 장은수
펴낸곳 · (주)민음사

출판 등록 1966. 5. 19. 제16-490호
서울시 강남구 신사동 506번지 강남출판문화센터 5층 (우)135-887
대표전화 515-2000 / 팩시밀리 515-2007
www.minumsa.com